Margarethe Schindler

Heute schon geküßt? –
Paare brauchen Rituale

Margarethe Schindler

# Heute schon geküßt? – Paare brauchen Rituale

Herder

Freiburg · Basel · Wien

Gedruckt auf umweltfreundlichem,
chlorfrei gebleichtem Papier

2. Auflage

Alle Rechte vorbehalten – Printed in Germany
© Verlag Herder Freiburg im Breisgau 1997
Herstellung: Freiburger Graphische Betriebe 1997
ISBN 3-451-26188-X

# Inhalt

## Allgemeines zu Ritualen – Ein Überblick

Was sind eigentlich Rituale? . . . . . . . . . . . . 10
Das Bedürfnis nach Ritualisierung . . . . . . . . 12
Mangel an Ritualen . . . . . . . . . . . . . . . . . 12

Merkmale von Ritualen . . . . . . . . . . . . . . 13
– Symbolhaftigkeit . . . . . . . . . . . . . . . . . 13
– Bedeutungskomplexität . . . . . . . . . . . . . 14
– Emotionale Beteiligung . . . . . . . . . . . . . 14

Wie funktionieren Rituale? . . . . . . . . . . . . 15
– Rituale, um Gefühlschaos zu ordnen . . . . . . 16
– Das Ritual als Handlung . . . . . . . . . . . . . 17
– Der Ritualisierungsgrad . . . . . . . . . . . . . 18

Aspekte von Ritualen . . . . . . . . . . . . . . . . 19
– Sicherheit und Stabilität . . . . . . . . . . . . . 19
– Erstarrung und Behinderung . . . . . . . . . . 22
– Verlust . . . . . . . . . . . . . . . . . . . . . . . 25
– Mißverständnisse . . . . . . . . . . . . . . . . . 26
– Veränderung, Anpassung und Entstehung neuer
  Rituale . . . . . . . . . . . . . . . . . . . . . . . 27

## Rituale in Paarbeziehungen

Begrüßungsrituale . . . . . . . . . . . . . . . . . 31
– Alltägliche Begrüßungsrituale . . . . . . . . . . 32

– Unstimmigkeiten .................... 35
– Wandel im Ritualgebrauch ........... 35
– Konflikte und Bedürfnisse ........... 36
– Erstarrung und Zwang .............. 38
– Begrüßungsrituale nach längeren Trennungen . 39

Abschiedsrituale .................... 40
– Abschiede auf Zeit ................ 41
– Abschied von der Herkunftsfamilie ....... 45
– Idealisierung .................... 47
– Verantwortung loslassen ............. 49
– Abschied vom Kinderwunsch .......... 51
– Ende einer Partnerschaft ............. 52
– Abschiedsgeschenke – das Gute würdigen ... 53
– Das Abschiedsritual als Sinnbild für Partner-
schaft ......................... 54
– Den Abschied von früheren Beziehungen nach-
holen ......................... 54
– Ein Kind betrauern ................ 55
– Sterben, Abschied für immer .......... 58

Konfliktrituale und Lösungsrituale ........ 62
– Konfliktunterdrückung ............. 62
– Hausarbeit ..................... 64
– Kinderwunsch ................... 66
– Eifersucht ..................... 68
– Schwiegereltern .................. 71
– Erziehung ..................... 74
– Geld ........................ 76
– Freizeit ....................... 77
– Sexualität ..................... 79

Streit und Versöhnungsrituale ........... 80
– Gewalt und Streit ................. 82

- Partnerschaften ohne Streit . . . . . . . . . . . 82
- Angst vor Streit . . . . . . . . . . . . . . . . . . 84
- Seelische Verletzungen und Grenzen . . . . . . 87
- Grenzen von Aggressivität und Tabuzonen . . . 89
- Körperliche Angriffe . . . . . . . . . . . . . . . 90
- Publikum . . . . . . . . . . . . . . . . . . . . . 91
- Streitorte . . . . . . . . . . . . . . . . . . . . . 93
- Zeitpunkt und Dauer . . . . . . . . . . . . . . . 93

Liebesrituale . . . . . . . . . . . . . . . . . . . . . 94
- Werberituale . . . . . . . . . . . . . . . . . . . . 96
- Rituale der Verliebtheitsphase . . . . . . . . . . 98
- Notwendigkeit des Wandels der Ritualformen . 100
- Rituale der Anfangszeit wiederaufnehmen . . . 104
- Sexualität als störanfälligster Teil der Partner-
  schaft . . . . . . . . . . . . . . . . . . . . . . . . 106
- Vermeidungsrituale . . . . . . . . . . . . . . . . 108
- Verlust von Liebesritualen . . . . . . . . . . . . 109
- Erstarrung und Neuentwicklung von sexuellen
  Ritualen . . . . . . . . . . . . . . . . . . . . . . 110

Feierrituale . . . . . . . . . . . . . . . . . . . . . 112
- Kleine Feierrituale des Alltags . . . . . . . . . 116
- Geburtstagsrituale . . . . . . . . . . . . . . . . 117
- Mißverständnisse . . . . . . . . . . . . . . . . . 118
- Geschenke als Bestandteile von Feierritualen . 119
- Das Bedürfnis zu feiern – versäumte Feste nach-
  holen . . . . . . . . . . . . . . . . . . . . . . . . 121
- Der Hochzeitstag als Erinnerungsfeier oder als
  Zwangsritual . . . . . . . . . . . . . . . . . . . 122
- Das Fest der ersten Begegnung . . . . . . . . . 123
- Überstandene Krankheiten . . . . . . . . . . . . 124
- Überstandene Krisen . . . . . . . . . . . . . . . 127

Rituale des Ausgleichs . . . . . . . . . . . . . . . 129
– Wenn die täglichen Ausgleichsrituale fehlen . . 131
– Alltägliche Rituale des Ausgleichs . . . . . . . 132
– Verzeihen und Wiedergutmachung . . . . . . . 134
– Schuldzuweisung und Ent-Schuldigung . . . . . 136

Übergangsrituale . . . . . . . . . . . . . . . . . . . 137
– Hochzeit . . . . . . . . . . . . . . . . . . . . . . 139
– Übergang vom Alleinleben zum Zusammenle-
ben . . . . . . . . . . . . . . . . . . . . . . . . . 141
– Eltern werden . . . . . . . . . . . . . . . . . . . 142
– Die Kinder verlassen die Familie . . . . . . . . 144
– Klimakterium . . . . . . . . . . . . . . . . . . . 146
– Der Ruhestand . . . . . . . . . . . . . . . . . . 148
– Wieder allein leben . . . . . . . . . . . . . . . . 151

# Allgemeines zu Ritualen –
## Ein Überblick

Fragt man Menschen nach Ritualen in ihrem Leben, dann fällt vielen zunächst gar nichts ein. Andere wehren ab: „Oh Gott, Rituale!" Und wieder andere meinen, das sei es ja gerade, daß sie eben leider keine Rituale hätten. Bei genauerem Hinsehen gibt es kaum jemand, der ganz ohne Rituale lebt, nur werden sie oft nicht als solche erkannt. Manchmal halten wir sie einfach für Traditionen, manchmal auch für immer wiederkehrende Verhaltensmuster, die wir gern los wären, die sich aber hartnäckig behaupten im Alltag und in den zwischenmenschlichen Beziehungen. Und das tun sie gerade deshalb, weil sie ritualisiert sind, weil ihre Bedeutung über die Handlung als solche hinausgeht.

Da gibt es zum Beispiel den ritualisierten Umgang mit bestimmten Konfliktthemen: *„Es läuft immer gleich ab bei uns. Ich will so gern noch ein zweites Kind. Aber mein Mann ist entschieden dagegen. Wenn ich das Thema anschneide, dann bombardieren wir uns mit unseren Argumenten, und am Ende heule ich, und er verläßt die Wohnung"*, erzählt Marita. Mit diesem Ritual halten Marita und ihr Mann den Status quo aufrecht. Es gibt keine Entscheidung, sondern nur die Artikulation von Gefühlen und Meinungen.

Das Beispiel steht für die Gruppe von Ritualen, die wir alle kennen. Es geht um jene Verhaltensmuster, die wir nicht durchbrechen können und die keineswegs weiterführend sind, sondern etwas festschreiben. Lernen wir, solche negativen Rituale zu ersetzen durch sinn-

9

volle und konstruktive, dann können bestimmte Aspekte unseres Lebens bereichert werden.

In vielen Bereichen fehlen uns hilfreiche und unterstützende Rituale, die unsere Beziehungen stabilisieren, anstatt sie auszuhöhlen, Rituale, die Entwicklung fördern, anstatt zu blockieren.

## Was sind eigentlich Rituale?

Nach strenger Definition wird als Ritual eine festgelegte Abfolge von Handlungen bezeichnet, die zu einem bestimmten Zeitpunkt an einem bestimmten Ort zu einem bestimmten Zweck ausgeführt wird. Dazu gehören die kirchlichen Rituale, die mit wenig Variationen immer auf gleiche Weise durchgeführt werden. Taufe, Abendmahl, Kommunion und Beichte sind solche Rituale, die über Jahrzehnte oder Jahrhunderte hinweg identisch bleiben. Auch im gesellschaftspolitischen Leben findet sich eine Vielzahl solcher Rituale, die sich an Gedenktagen und anderen Festlichkeiten festmachen. Einweihungen und Kranzniederlegungen, Ordens- und Preisverleihungen sind Beispiele dafür. Für sie gelten feste Regeln, von denen nicht oder doch nur ganz minimal abgewichen wird.

Unsere alltäglichen Rituale sind weniger streng organisiert, die Variationsfreiheiten sind größer. Der ritualisierte Streit ums Kind findet nicht immer im Wohnzimmer statt und auch nicht immer zur gleichen Zeit. Und doch handelt es sich um ein Ritual, weil Anfang und Ende definiert sind und der Ablauf in Form eines Schlagabtauschs immer sehr ähnlich und vorhersehbar ist. Der über die Handlung hinausgehende Sinn besteht darin, die Beziehung zu stabilisieren. Solange die Streitfrage näm-

10

lich nicht endgültig entschieden ist, solange verändert sich nichts in der Beziehung.

Verhaltensweisen werden zu Ritualen dadurch, daß sie zu bestimmten Gelegenheiten bzw. in bestimmten Situationen stattfinden und eine ganz entscheidende hintergründige Bedeutung haben. Oft ist uns diese Bedeutung gar nicht so bewußt. Die festgelegte Sitzordnung bei den Mahlzeiten zum Beispiel symbolisiert die Ordnung in der Familie, die den Mitgliedern eine Form von Stabilität vermittelt. Eine Abweichung von dieser Ordnung, etwa wenn Gäste kommen, führt leicht zur Irritation in der Familie.

## Leere Rituale

Oft führen wir wie automatisch Rituale aus, ohne ihren Sinn zu hinterfragen. Das sind die sogenannten leeren Rituale, die bestimmte Aspekte unseres Lebens einfrieren und an einer Weiterentwicklung hindern.

*Da ist zum Beispiel der Ehemann, der seiner Frau seit zwanzig Jahren immer am Sonntag Blumen schenkt. Eigentlich eine liebenswürdige Geste. Doch seine Frau würdigt sie nicht. „Wenn er doch in andern Dingen so aufmerksam wäre", beschwert sie sich. Tatsächlich ist es ja äußerst unwahrscheinlich, daß der Gatte an all diesen Sonntagen seiner Frau wirklich gleich liebevoll zugewandt war und dieser Liebe durch den Blumenstrauß bewußt Ausdruck verleihen wollte. Vielmehr dürfte es eher so sein, daß aus dem ursprünglichen Liebesritual ein leeres, zwanghaftes Ritual geworden ist. Als solches hat es die frühere Wirkung verloren. Das Gefühl, das einst darin ausgedrückt wurde, ist nicht mehr spürbar.*

Ähnlich verhält es sich mit vielen alltäglichen Ritualen des Umgangs miteinander. Was einmal Sinn machte, ist zum zwanghaften Muster geworden und ist nicht mehr konstruktiv. Dazu kann gehören, wie wir miteinander streiten, wie wir Feste feiern, wie wir Nähe ausdrücken. Lebendige Rituale können zu Automatismen werden, wenn sie nicht an den Bedürfnissen orientiert sind.

## Das Bedürfnis nach Ritualisierung

Die Muster unseres Zusammenlebens sind vielfach rituell geregelt, ohne daß es uns bewußt ist. Offenbar haben wir ein Bedürfnis nach Ritualen, weil sie in unser Leben Berechenbarkeit und Sicherheit, Zugehörigkeit, Orientierung und Stabilität bringen. Tatsächlich kann nahezu jedes Verhalten ritualisiert werden: der Frühjahrsputz ebenso wie das Sonntagsfrühstück oder der Alkoholkonsum. Dann wird der Frühjahrsputz zum Sinnbild für Erneuerung, das Sonntagsfrühstück zum Sinnbild für Gemeinsamkeit und Harmonie, der Alkoholkonsum zum Sinnbild für Männlichkeit.

## Mangel an Ritualen

Auf der einen Seite haben wir also eine Vielzahl von häufig unbewußt ritualisierten Verhaltensweisen, die unser Leben oft einengen, auf der anderen Seite fehlen uns für bestimmte Situationen und Krisenzeiten hilfreiche Rituale.

Wir verfügen in unserer Kultur zum Beispiel über keine Rituale für Entwicklungsübergänge wie Pubertät und Elternschaft. Bei Jugendlichen ist es verbreitet, diesen Mangel durch Mutproben zu ersetzen, die oft genug ein schlimmes Ende finden. So ist die Erlangung des Führerscheins für unsere Zeit und Kultur wohl ein gängiges, aber nicht besonders geeignetes Initiationsritual. Stünde einem Paar, das Eltern wird, ein geeigneteres Ritual zur Verfügung als das mehr oder weniger ausgedehnte männliche Trinkgelage, dann fiele ihnen mit hoher Wahrscheinlichkeit der Übergang in den neuen Lebensabschnitt leichter.

## Merkmale von Ritualen

### Symbolhaftigkeit

Die symbolhafte Bedeutung, die über das konkrete Handeln hinausgeht, ist ein wesentliches Merkmal jedes Rituals. So ist für einen evangelischen Christen klar, daß das Abendmahl nicht der Sättigung und Durstlöschung dient, sondern sinnbildlich die Teilhabe an der Sündenvergebung ausdrücken soll.

Das wöchentliche Telefonat zwischen Mutter und Tochter, das ritualisiert ist und immer zur selben Zeit in derselben Weise abgehalten wird, hat den Sinn, die Verbindung zwischen beiden zu demonstrieren und spürbar zu machen, und der allabendliche gemeinsame Spaziergang des Paares dient nicht nur der Gesundheit, sondern hat mit Gemeinsamkeit und Austausch zu tun und definiert den Stellenwert der Beziehung.

### Bedeutungskomplexität

In Ritualen wird sehr viel mehr ausgedrückt als es mit Worten allein möglich ist. Der Vater, der bei der Geburt seines ersten Kindes einen Baum pflanzt, wünscht dem Kind eine gute, glückliche Entwicklung, lebendiges Wachstum und Fruchtbarkeit. Vielleicht nimmt er sogar in „abergläubischer" Weise das Gedeihen des Baums selbst als direktes Bild für das Leben des Kindes. Dadurch, daß die einzelnen Handlungen Symbolcharakter haben, ist auch eine viel höhere Informationsdichte vorhanden. Indem der Vater den Boden für den Baum aushebt, schafft er Raum und Wachstumsmöglichkeit, indem er den Wurzelballen hineinlegt, sorgt er für Verwurzelung. Indem er ihn wässert, sorgt er für Nahrung. Indem er ihn vielleicht an einen Pflock festbindet, sorgt er für Halt.

Darüber hinaus werden in vielen Ritualen Gegensätze zusammengebracht und so eine Form von Ganzheit ausgedrückt: Das Telefonat zwischen Mutter und Tochter heißt einerseits, daß sie miteinander in Verbindung stehen, aber gleichzeitig auch, daß sie nicht beieinander sind. Der Vater, der seinem Kind einen Baum pflanzt, setzt etwas aktiv in die Welt, vertraut es dabei aber auch etwas Übergeordnetem, der Natur, an.

### Emotionale Beteiligung

Ohne emotionale Beteiligung wird ein Ritual zum leeren Ritual, das unser Leben eher behindert und einschränkt als bereichert. Lassen wir uns aber gefühlsmäßig anrühren, dann können Rituale äußerst wirkungsvoll sein. Das trifft für die düsteren satanischen Rituale der schwarzen Magie an geheimen Orten ebenso zu wie für heilsame Rituale in der Psychotherapie.

14

Hätte der Ehemann seinen Blumenstrauß mit Liebe überreicht, dann wäre er ganz sicher nicht ohne Resonanz geblieben. Nimmt ein nüchterner Wissenschaftler zwecks einer Untersuchung an einem satanischen Ritual teil, dann wird er die Zusammenkunft unbeschadet verlassen.

## Wie funktionieren Rituale?

Wenn wir üblicherweise über die Sprache miteinander kommunizieren, dann ist unsere linke Gehirnhälfte aktiv, das heißt die Seite, die dem Analytischen, Rationalen zugeordnet ist. Die rechte Hemisphäre, die dem Intuitiven und Nonverbalen entspricht, bleibt relativ unbetroffen. Rituale dagegen aktivieren beide Gehirnhälften, weil sie neben der Sprache auch Symbolik beinhalten. So werden im Ritual sogenannte digitale Informationen (der sachliche Informationsgehalt der Sprache) mit analogen Informationen (dem Symbolgehalt der Handlung) kombiniert. Es wird auf diese Weise eine Verbindung hergestellt zwischen der linken Gehirnhälfte und der rechten.

So erklärt sich die Ergriffenheit, die uns häufig bei der Durchführung von feierlichen Ritualen befällt, der Schauer, der uns manchmal dabei den Rücken hinunterläuft. Wir spüren, daß es sich um etwas Besonderes handelt.

Wenn wir uns auf die Ausführung von Ritualen einlassen, dann wirken sie ähnlich wie Märchen und Träume, die auch unsere rechte Gehirnhälfte angehen. Sie wirken auf einer tieferen, nicht rationalen Ebene. Damit hängt eine geläufige Erfahrung in der Psychotherapie zusammen: weniger die verstandesmäßige Einsicht in die

Problemursache führt zur Heilung („Das weiß ich ja alles im Kopf, aber das nützt mir nichts!" hören Therapeuten und Therapeutinnen oft), sondern vielmehr der Zugang zu den inneren Bildern bzw. deren Veränderung. In Ritualen schaffen wir solche Bilder bzw. neue Bilder unserer Wirklichkeit.

## Rituale, um Gefühlschaos zu ordnen

Rituale sind deshalb so bedeutsam für unser Leben, weil in ihnen Platz für Gefühle ist und Chaos in eine Form gebracht wird. In unserem Alltag wird Gefühlen nur beschränkt Raum gewährt. Wir müssen in erster Linie funktionieren, und Gefühle werden da eher als Störfaktor wahrgenommen. Jeder Betrieb würde zusammenbrechen, würden sich die Mitarbeiter allein von ihren Gefühlen leiten lassen. Aber durch die Pausen, die auch als ritualisierte Formen des kollegialen Umgangs zu verstehen sind (wer sitzt mit wem zusammen, wer tratscht mit wem über wen, wer solidarisiert sich mit wem gegen wen), wird den Gefühlen (Eifersucht, Neid, Bewunderung, Ablehnung, Haß, Wut, Zuneigung) ein begrenzter Raum zugewiesen. Deshalb geht die Bedeutung der Zwischen- und Mittagspausen im Arbeitsleben weit über den Erholungswert hinaus.

Es ist ja gar nicht so selten, daß wir Angst vor unseren Gefühlen haben und lieber nicht in Kontakt mit ihnen kommen wollen. Da ist beispielsweise die Wut, die tödlich sein könnte, oder der Schmerz, den wir nicht aushalten könnten. Mit Ritualen werden Spielregeln für diese Gefühle geschaffen, so daß ein geschützter Raum entsteht, wo sie nicht mehr so bedrohlich sind.

Bei Todesfällen wird besonders ersichtlich, wie bedeutsam gerade diese Funktion der Rituale ist. Beim Be-

16

gräbnis dürfen die Zurückgebliebenen hemmungslos weinen und ihren Schmerz frei und laut ausdrücken. Doch einige Zeit später gehen sie uns schon auf die Nerven damit, bestenfalls wird noch im Trauerjahr Raum gewährt für Schmerz, Rückzug, Anlehnungsbedürfnis und Klagen.

Vergleichbar damit sind die Flitterwochen: sie sind als ritualisierter Umgang von Verliebten aufzufassen. Da wird dem jungen Paar ein Freiraum gewährt für die Gefühle, die zur Verliebtheit gehören und für das Alltagsleben nicht so besonders tauglich sind.

Kollektive Trauerfeiern haben eine besonders tragende Bedeutung bei Katastrophen. Wenn ein Amokläufer den Tod von vielen Menschen herbeiführt, dann bedeutet das ein derartiges Ausmaß von Sinnlosigkeit und Ohnmacht, daß die einzelnen Betroffenen völlig ohne jeden Halt zurückbleiben. Ein gemeinsames Ritual in Form eines Trauergottesdienstes hilft, das Gefühl von Zusammengehörigkeit spürbar zu machen und einen Rahmen für bodenlose Trauer, Wut, Entsetzen zu schaffen.

## Das Ritual als Handlung

In Ritualen tun wir etwas. Wir denken oder planen nicht, sondern wir handeln. Rituale spielen sich also nicht auf einer abstrakten Ebene ab, sondern auf der Handlungsebene. Gedanken und Gefühle gewinnen eine Gestalt und werden sichtbar, mitgeteilt. Dadurch entsteht auch zwischenmenschliche Verbundenheit, die als unterstützend erlebt wird. Bei der Trauerfeier wird nicht nur der Verstorbene beerdigt, sondern durch spezielle Handlungen wird Abschied von ihm genommen, zum Beispiel dadurch, daß Blumen ins Grab geworfen oder ein Kranz aufs Grab gelegt wird und auch durch gemeinsames Singen und Beten. Die Handlung verankert den Abschied gewissermaßen in der Realität.

Bei einem Versöhnungsritual wird der Beendigung des Streits ein sichtbares Ende gesetzt, das beide durch ihr Tun bezeugen und verantworten. Die Versöhnung ist damit für dieses Mal tatsächlich vollzogen.

## Der Ritualisierungsgrad

Es gibt Menschen, die ein besonders ritualisiertes Leben führen, wie Politiker oder Menschen der Kirche. Hier wirkt das Ritual wie ein Korsett: es versteckt und schützt und engt zugleich ein. Doch nicht nur offizielle Personen haben viel mit Ritualen zu tun, auch bei „Normalmenschen" kann das Ausmaß so groß und die Bindung an Rituale so stark sein, daß im Extremfall die Grenze zur Zwangsneurose oder Psychose überschritten werden kann.

Andererseits lehnen vorwiegend jüngere Menschen Rituale ab, weil sie jede Reglementierung ablehnen.

In einigen Familien werden Rituale besonders gepflegt. Das kann so weit gehen, daß das Familienleben insgesamt als zwanghaft empfunden wird. Die Art, wie Mahlzeiten eingenommen oder Familienfeste gefeiert werden steht dort unverrückbar fest, und es wird keine Abweichung geduldet. In anderen Familien dagegen spielen Rituale keine oder eine untergeordnete Rolle. Hier mag ein Mangel an Zusammengehörigkeit und Struktur spürbar sein, und vielleicht finden die Mitglieder, daß nichts sie zusammenhält und alles gleichgültig ist.

## Aspekte von Ritualen

### Sicherheit und Stabilität

Rituale haben mit Tradition, Verwurzelung, Zugehörigkeit und Sicherheit zu tun

In ungewohnten oder schwierigen Situationen kann ein Ritual wie ein Geländer oder Krückstock sein. Wenn wir auf ein Ritual zurückgreifen können, dann sind wir dem Neuen nicht so „untätig" ausgeliefert. Hier haben Höflichkeitsrituale und eine Reihe spezifischer kulturell tradierter Rituale ihre Bedeutung. Bei der Begegnung mit einem fremden Menschen oder im Geschäftsleben sind gelernte Rituale ein Stück Sicherheit im Umgang miteinander. Die Formen, wie man sich begrüßt oder wie man Mahlzeiten miteinander abhält, sind rituell geregelt.

Für Kinder sind Rituale geradezu unverzichtbar. Das ist naheliegend, denn für sie sind ja noch fast alle Situationen und Begebenheiten neu, und das Bedürfnis nach Sicherheit ist besonders ausgeprägt. Sie verlangen nach Ritualen, sei es beim abendlichen Zubettgehen oder an Festtagen. Sie werden aufgeregt, sind verstört, wenn ein Ritual gebrochen wird. Alle Eltern kennen den unduldsamen Einspruch, wenn ein bekannter Text beim Vorlesen oder Erzählen geringfügig abgeändert wird. Das scheint wie eine Bedrohung für das Kind zu wirken, die unbedingt ausgeräumt werden muß, damit die Sicherheit wiederhergestellt ist. Wenn das Kind morgens das Haus verläßt, um in den Kindergarten oder die Schule zu gehen, dann findet meist ein Abschiedsritual statt. Sei es der Abschiedskuß, sei es eine bestimmte Form des Winkens. Fällt es aus, dann steht der Tag unter einem schlechten Stern.

Besonders in Zeiten persönlicher Krisen wirken vertraute Rituale als Stütze. Wenn alles ins Wanken geraten ist, wenn man zutiefst erschüttert ist und nach Halt sucht, dann kann ein Ritual die Funktion einer psychischen Überlebensstrategie haben. Zeiten der Trauer, des Verlusts eines Menschen oder auch einer Arbeitsstelle, einer Hoffnung oder Zukunftsperspektive sind Zeiten für Rituale. Sie tragen über Krisen hinweg und verankern.

Als in einer Familie der Vater und Ehemann plötzlich an einem Herzinfarkt starb, wurde sein Platz bei Tisch nach wie vor gedeckt, als ob er am Essen teilnehmen würde. Das verlieh der Witwe ein Stück Sicherheit. So war er in Gedanken immer noch da, und sie bewahrte ihm auf diese Weise seinen Platz in ihrem Leben. Erst nach dem Umzug in eine andere Wohnung konnte die Witwe dieses Ritual aufgeben. Da war der Zeitpunkt gekommen für eine Veränderung, für einen Neuanfang, vorher nicht.

Neben den familienspezifischen Ritualen wie Tischgebet, Sitzordnung oder der Art, Feste zu feiern, gibt es auch kulturspezifische Rituale. Begrüßungsformen zum Beispiel oder Eßrituale unterscheiden sich teilweise ganz erheblich in den verschiedenen Kulturbereichen. Kennen wir die gültigen Rituale nicht, dann können wir in höchst peinliche Situationen geraten, wo wir andere unbeabsichtigt verletzen und uns ausgeschlossen fühlen. Verfügen wir über die passenden Rituale, dann gehören wir dazu und ersparen uns Scham und Unsicherheit.

Manchmal kommen wir in Situationen, in denen wir unsere gewohnten Rituale nicht ausführen können. Beispielsweise im Urlaub. Da Urlaub ohnehin ein Ausnahmezustand ist, wo gewünschtermaßen alles anders ist als im Alltag, nehmen wir das gelassener hin. Wir entwickeln dafür bestimmte Urlaubsrituale, die sich vorwiegend auf die Strukturierung des Tages beziehen. Jeder kennt die Berechenbarkeit im Verhalten von Urlaubern. Auch in diesem Zusammenhang nehmen Rituale die Funktion eines Gerüsts ein, das Stabilität und Orientierung vermittelt.

In Partnerschaften wird die Beziehung durch Rituale definiert und strukturiert. Das vermittelt Stabilität, Verläßlichkeit, Berechenbarkeit. *„Als ich arbeitslos wurde und vier Monate zu Hause war, führte mein Mann es ein, mich zwei Mal am Tag anzurufen. Das war unheimlich wichtig für mich, ich fühlte mich dadurch nicht so wertlos und wußte, er hat mich nicht vergessen"*, erzählt eine Ehefrau.

*Lena und Benedikt sind kinderlos und beruflich sehr aktiv. Beide arbeiten an der Uni als Dozenten. Während des Semesters haben sie wenig Zeit für die Beziehung. Doch sie haben ein sehr bedeutsames Abendritual. Vor dem Schlafengehen setzen sie sich zusammen, Benedikt sorgt für Musik, und dann besprechen sie, wie der Tag gelaufen ist, was sie bewegt, was ansteht und geklärt werden muß. Freilich kommt es gelegentlich vor, daß ihr Abendgespräch ausfallen muß. Aber das macht ihnen nur umso bewußter, welch einen hohen Stellenwert es für sie hat.*

Bei neuen Partnerschaften, denen wichtige frühere Beziehungen vorausgingen, sorgen neue Rituale für die notwendige Abgrenzung zu früher und für die Gewichtung dieser jetzigen Beziehung. Jede Beziehung braucht ihre eigenen Rituale und keine Second-Hand-Rituale, die aus der vorigen übernommen werden.

## Erstarrung und Behinderung

Besonders Pubertierende machen uns mit ihrem Widerstand deutlich, daß Rituale auch überflüssig und hinderlich sein können. Sie lehnen sich prinzipiell bevorzugt gegen Traditionen auf, wollen das ganz Eigene, Neue erleben und schaffen. Das, was schon da ist, scheint überlebt, hinfällig und wertlos zu sein. So wichtig dem Kind die vertrauten Rituale sind, so widerwärtig werden sie dem Jugendlichen. Der Spruch aus den endsechziger Jahren klingt uns heute noch in den Ohren: „Unter den Talaren, Staub von hundert Jahren".

Und in der Tat: Rituale können einengen und die lebendige Entwicklung und freie Entfaltung hindern, wenn sie starr beibehalten werden, obwohl die Umstände und Lebensbedingungen sich ändern. Sie wirken destruktiv, wenn ihr Sinn nicht immer wieder hinterfragt und bewußt gemacht wird, wenn sie stattdessen stupide und ohne innere Beteiligung ausgeführt werden. Hätte der bereits erwähnte Ehemann seinen Blumenstrauß nur dann überreicht, wenn ihm wirklich danach zumute war, wenn er wirklich seiner Frau seine Liebe ausdrücken wollte, dann wäre dieses Ritual lebendig geblieben und nicht zu einer wertlosen Gewohnheit geworden.

Es gibt kaum einen Jugendlichen, der nicht vorübergehend oder über längere Zeit hinweg das Wcihnachtsfest als Familienritual oder ganz generell massiv in Frage stellt. Tatsächlich ist Weihnachten nicht selten reduziert auf ein Zwangsritual, bei dem das Putz- und Einkaufsritual zum Ersatz für ein lebendiges Festritual geworden ist. Gerade Weihnachten ist für viele ein abschreckendes Beispiel für leere, sinnentfremdete Rituale.

Bleiben wir nicht im Kontakt mit den Gefühlen, die den Kern eines Rituals ausmachen, dann verkommt es zum Entwicklungshindernis.

Die Witwe, deren Mann plötzlich gestorben ist und die das Ritual seiner Teilnahme bei den Mahlzeiten pflegte, wäre in ihrem psychischen Weiterleben behindert gewesen, hätte sie nicht beim Auszug aus der gemeinsamen Wohnung auch das Ritual verabschiedet, das ihr nach dem Tod ihres Mannes hilfreich und stützend im Trauerprozeß war. Sein Platz, der zunächst noch monatelang äußerlich sichtbar für ihn reserviert blieb, konnte nach der Trauerzeit in einer neuen Wohnung neu besetzt werden: sei es von neuen Visionen, Lebensperspektiven oder schließlich auch von einem anderen Menschen.

Persönliche Rituale und gemeinsame Beziehungsrituale haben ihre begrenzte Zeit. Unverändert sind sie selten auf Dauer sinnvoll, weil Leben Veränderung bedeutet und nicht Stillstand. Was heißt es für den Jugendlichen, wenn die Rituale der Kindheit nicht aufgegeben und an ihrer Stelle neue entwickelt werden? Der mütterliche Gute-Nacht-Kuß am Bett kann in der Kindheit zum Bollwerk gegen Alpträume werden, aber mit achtzehn ist er in dieser Form alarmierend. So wird jemand festgehalten in einer Rolle, der er längst entwachsen ist. Das Ritual wird zur Zwangsjacke und kann dazu führen, daß notwendige Ablösungsschritte nicht vollzogen werden, daß eine ungesunde Bindung bestehen bleibt und Eigenständigkeit nicht entwickelt werden kann. Auf diese Weise wirken ehemals sinnvolle Rituale wie ein Gefängnis.

Rituale können dazu benutzt werden, eine Fassade aufrechtzuerhalten, die vermeintlich gebraucht wird. Ein Paar nahm zum Beispiel nach wie vor gemeinsam am jährlichen Familientreffen teil, obwohl sie sich in Wirklichkeit längst getrennt hatten und mit andern Partnern zusammenlebten. Sie fürchteten sich vor der Mißbilligung und der Kritik der Verwandten und täuschten so ihren alten Status vor. Die jeweils neuen Beziehungspartner litten unter dieser Veranstaltung, und eine Anpassung an die neue Realität wäre sicher längst fällig gewesen.

Rituale können also Gegebenheiten zementieren und verhindern so die Entwicklung von Neuem.

*Nach zehnjähriger Ehe hatte sich ein Mann von seiner Familie getrennt. Nach wie vor erschien er aber zu sämtlichen Feiern in der alten Familie, seien es Geburtstagsfeiern oder Weihnachten, Namenstage oder Gartenfeste. Er tat so, als ob er noch dazugehören würde. Seine neue Beziehung scheiterte nach einiger Zeit, weil die Bindung durch die gemeinsamen Rituale mit der früheren Familie zu stark war und die Entwicklung einer neuen Partnerschaft behinderte.*

Rituale stabilisieren Beziehungen, auch unglückliche und unerfüllte, und tragen in solch einem Fall zum Schrecken ohne Ende bei.

Vertraute Rituale können gut gegen Angst eingesetzt werden, auch gegen die Angst vor Neuem. Wenn wir Rituale auf diese Weise benutzen, dann besteht die Gefahr, daß notwendige neue Entwicklungsschritte, die uns fast immer Angst machen, verhindert bzw. vermieden werden.

In der ganz intimen zwischenmenschlichen Beziehung läßt sich ähnliches beobachten: werden die Rituale in der Sexualität unverändert über Jahre hinweg beibehalten, mag das zwar berechenbar und risikoarm sein, aber es wird sich irgendwann Langeweile und Lustlosigkeit einstellen, denn eine Beziehung ist in Bewegung und bleibt nicht so, wie sie anfangs war. Das, was zu Beginn schön war, wird nach einiger Zeit so nicht mehr stimmen. Wenn das Gewohnte nicht zur rechten Zeit losgelassen werden kann, um Platz für Neues zu schaffen, wirkt es lähmend.

## Verlust

So wie Rituale ihren Sinn verlieren können und angepaßt werden müssen oder auch überflüssig werden, so können sie verloren gehen, obwohl sie durchaus noch „gebraucht" werden. Durch Unachtsamkeit und Orientierung an anderen Werten, durch die Verschiebung von Prioritäten kommt es oft zum Verlust von Ritualen, die ihren festen Platz im Zusammenleben hatten. Dadurch wird häufig eine betrübliche Entwicklung eingeleitet, die nicht selten in gegenseitige Entfremdung mündet. In diesem Fall wäre es notwendig, das verlorene Ritual wieder erneut zu beleben und zu „reinstitutionalisieren".

Junge Eltern haben häufig einen gemeinsamen Abend in der Woche eingerichtet, an dem sie den Babysitter bestellen und etwas für sich unternehmen. Das kann ein Kinobesuch sein oder ein Konzertbesuch, ein Abendessen oder was auch immer. Auf jeden Fall dient dieses Ritual der „Beziehungspflege". In vielen Fällen frißt der Alltag mit der Zeit diese wichtige Unternehmung auf: zuerst eine Ausnahme, doch allmählich häufen sich die Ausnahmen und werden zur Regel. Meistens ist es das Arbeitsleben, das mehr und mehr Priorität gewinnt. Mit der Zeit gibt es immer häufiger Gründe, warum die Unternehmung nicht stattfinden kann. Irgendwann merkt einer der beiden, daß etwas fehlt, und die Beziehung etwas Wichtiges verloren hat.

Wenn Familien auseinanderbrechen, kommt es meist

auch zum Verlust von bestimmten Ritualen. Das gemeinsame Sonntagsfrühstück fiel in einer Restfamilie nach dem Auszug des Vaters aus, weil die Mutter so lange apathisch im Bett blieb und sich nicht aufraffen konnte, zur gewohnten Zeit aufzustehen. Für die beiden vier- und sechsjährigen Kinder vermehrte dies die Verunsicherung, die der Verlust des Vaters ohnehin mit sich brachte. Durch die Veränderung in der Familie entstand der Bedarf an einem neuen Ritual, das das alte, verlorene ersetzt. Verlorene Rituale müssen ersetzt werden, damit ihre Funktion abgedeckt bleibt.

Wenn ein Paar irgendwann vergißt, seinen Hochzeitstag zu feiern, dann könnte dieser Verlust ein Hinweis auf die Wertigkeit der Ehe sein. Der Verlust von Partnerschaftsritualen geschieht nicht zufällig, sondern sagt etwas über den Status der Beziehung aus und kann als Alarmsignal gewertet werden. Verliert eine Partnerschaft ihre spezifischen Rituale, dann verarmt sie nach und nach, wenn keine situationsangepaßten neuen gefunden werden.

## Mißverständnisse

Besonders in bikulturellen Partnerschaften sind Mißverständnisse aufgrund unterschiedlicher rituc!ler Erfahrungen naheliegend. Zwischen der westeuropäischen und orientalischen Kultur zum Beispiel gibt es so schwerwiegende Unterschiede, daß die Partner große Anpassungsleistungen vollbringen müssen, um gut miteinander zu leben.

Aber auch bei gemeinsamem kulturellen Hintergrund ergeben sich massenhaft Störmöglichkeiten, die von unserer individuellen Lebensgeschichte herrühren.

Ein geläufiges Mißverständnis bei Paaren betrifft Liebesrituale. Sie möchte Zärtlichkeit und nähert sich ihrem Partner, um mit ihm zu schmusen, und er interpretiert das als Signal für Sex. Sie fühlt sich mißverstanden, überrumpelt, und entweder lehnt sie ab oder sie läßt sich darauf ein. Auf jeden Fall bleibt ihr wirklicher Wunsch unerfüllt. Früher oder später wird sie ihre Bedürfnisse nach Zärtlichkeit unter Kontrolle halten, um solche Konfliktsituationen zu vermeiden. Das heißt gleichzeitig, daß sie auf Wichtiges verzichtet, und sie leidet darunter, daß Zärtlichkeit ohne Sex anscheinend nicht möglich ist.

Das fast sprichwörtliche Angebot „Soll ich dir meine Briefmarken zeigen?" oder die Einladung zu einer Tasse Kaffee nach dem gemeinsamen Ausgang ist die Einleitung zu einem Ritual, das einen festgefügten Verlauf hat und im Normalfall in Sexualität mündet. Wird es nicht als Beginn dieses Rituals verstanden, sondern in seiner direkten, „digitalen" Botschaft aufgefaßt, dann können weitreichende Mißverständnisse entstehen.

## Veränderung, Anpassung und Entstehung neuer Rituale

Rituale müssen mitwachsen. Wenn sie nicht mehr passen, ist eine Erneuerung notwendig.

Augenscheinlich ist das bei Ritualen für Kinder. Rituale zur Schlafenszeit, Kindergeburtstage und Weihnachts- und Osterrituale müssen im Laufe der Jahre verändert werden, damit sie konstruktiv und sinnvoll bleiben.

Den Gemeinschaftsspielen der frühen Kindergeburtstage folgen Geburtstagsausflüge der Acht- bis Zwölfjährigen und die Parties der Jugendlichen.

Während in Familien mit kleinen Kindern das Schmücken des Weihnachtsbaums zum Weihnachtsgeheimnis gehört und Aufgabe der Eltern ist, übernehmen es später die Kinder selbst und überraschen oft die Familie damit. Sie entwickeln dabei vielfach ihre ganz eigene, besondere Weise, was die Farbzusammenstellung angeht oder die Art des Schmucks und bereichern so die Familientradition. Ähnlich ist es mit Ostern, wo das Eier- und Geschenkeverstecken mit zunehmendem Alter der Kinder anderen Ritualformen Platz macht.

Aber nicht nur für Rituale mit Kindern, sondern ganz generell für alle Rituale gilt, daß sie beweglich sein müssen.

Wenn Rollen, Regeln und Beziehungen sich verändern, müssen auch die Rituale angepaßt werden. Nur dann bleiben sie segensreich und wirkungsvoll. Wird dagegen über lange Zeit hinweg starr an derselben Ritualform festgehalten, dann entsteht jene lähmende Atmosphäre, die uns Rituale als etwas Schlimmes in Erinnerung bleiben läßt.

Wenn ein Paar sich zum ersten Mal begegnet, dann entwickeln sich in der Regel auch spontan Rituale, die für diese zwei Menschen spezifisch sind. Sie entstehen aus einer besonderen Bedürfnis- und Interessenlage heraus und haben die Funktion, die Beziehung zu definieren und zu stabilisieren.

*Nora und Mark lernten sich an einem kühlen Herbsttag kennen. Nora hatte beim Spaziergang bemerkt, daß am parkenden Auto ihres Nachbarn die Scheinwerfer brannten. Nach einigem Zögern beschloß sie, bei ihm zu klingeln und ihm das zu sagen. Als sie zusammen zur Straße zurückgingen, erlebten sie die Landung eines Heißluftballons mit und halfen den Leuten. Danach schlug Nora vor, einen Tee bei ihr zu trinken, um sich wieder aufzuwärmen. Dieses erste Ritual gewann eine wichtige Bedeutung für ihre jetzt fünfjährige Beziehung: seit sie zusammenleben vergeht kaum ein Nachmittag, an dem sie nicht gemeinsam Tee trinken. Die Teestunde ist zum Ritual ihrer gegenseitigen Fürsorglichkeit und Bejahung ihrer Beziehung geworden.*

In eine neue Beziehung sollten keine Rituale aus vorhergehenden Paarbeziehungen übernommen werden, weil „Second-Hand"-Rituale die neue Partnerschaft leicht mit Vergangenheit belasten und den Freiraum für die neue Ritualgeschichte einschränken können.

Wenn Beziehungen in eine andere Phase kommen, dann entsteht auch ein Bedarf an neuen Ritualen, die Nähe und Distanz, Ausgleich und den Umgang mit Konflikten regeln.

Frischverliebte müssen neue Rituale entwickeln, wenn sie Eltern werden. Beachten sie diese Notwendigkeit nicht, dann sind Konflikte und Entfremdung vorprogrammiert. Das gleiche gilt für Eltern, deren Kinder erwachsen werden und das Haus verlassen. Auch sie müssen sich wieder auf eine neue Lebensform miteinander einstellen und die entsprechenden Rituale für sich finden.

# Rituale in Paarbeziehungen

Auf den folgenden Seiten ist eine Vielzahl von Ritualbeispielen aufgeführt, die verschiedenen Kategorien zugeordnet sind. Dabei ist diese Zuordnung nicht immer zwingend und einmalig. Manche Rituale passen in mehrere Kategorien. So können zum Beispiel einige Liebesrituale gleichzeitig Feierrituale sein, oder Abschiedsrituale auch Übergangsrituale.

Es geht um Rituale, die wir einmalig ausführen und um alltägliche. Dabei wird ein weiter Ritualbegriff zugrundegelegt. Unsere täglichen Rituale geben unseren Beziehungen Struktur und Stabilität. Ihre Wiederholung sagt uns, alles ist in Ordnung. Zu ihnen gehören vor allem die Begrüßungs- und Abschiedsrituale. Bei ihnen müssen wir darauf achten, daß sie nicht zu leeren Automatismen werden und so allmählich dahin führen, daß eben nichts mehr in Ordnung ist.

Andere, einmalige Rituale bilden Eckpfeiler auf unserem (gemeinsamen) Weg und helfen uns, eine andere Richtung einzuschlagen, wenn wir in einer Sackgasse stecken. Sie vermitteln Einsichten und können erlösend und heilend wirken, wie manche Abschiedsrituale, Feierrituale oder Rituale für Entwicklungsübergänge. Wenn wir uns gesammelt auf sie einlassen, dann rühren sie uns tief an und bringen etwas in Bewegung. Bei feierlichen Ritualen sind Kerzen Sinnbild für das große Feuer mit seiner reinigenden und erhellenden Kraft.

Angesichts der hohen Scheidungsrate in unserer Gesellschaft staunen wir manchmal über die Langlebigkeit der
Ehen früherer Generationen. Die größere Bedeutung von
Ritualen für das Leben der Menschen früher spielt in
diesem Zusammenhang sicherlich eine maßgebliche
Rolle. Ein ritualisiertes Leben ist ein Leben mit viel Verbindlichkeit und Verpflichtung. Die Stabilität, die daraus entspringt, beruht sicherlich nicht immer auf ech-
ten Gefühlen. Doch die Freiheit für Gefühle und das
Leben mit Ritualen müssen nicht inkompatibel sein.

Wenn wir für uns solche Rituale entwickeln können,
die genügend Raum für Spontaneität bieten und damit lebendig und entwicklungsorientiert bleiben, die uns so
viel Struktur bieten, wie wir brauchen und so viel Raum
für Bewegung lassen, wie notwendig ist, dann könnten
Rituale tatsächlich eine Bereicherung für unsere Partnerschaften sein.

## Begrüßungsrituale

Eine Begrüßung bedeutet Anfang, im Gegensatz zum
Abschied, der ein – wenn auch vielleicht nur zeitweili-
ges – Ende ist. Die Art der Begrüßung kann die ganze Begegnung prägen, und daher haben Begrüßungsrituale
eine weitreichende Bedeutung. „Wenn du mich schon so
empfängst", hat wohl jeder schon gehört. Wir alle kennen die Erfahrung, daß im ersten Moment einer Begegnung erstaunlich viel ungesteuert abläuft: der erste Ein-
druck erweist sich oft als der „richtige". Sympathie oder
Antipathie sind nicht das Ergebnis eines längeren Pro-
zesses, sondern schon in den ersten Sekunden, ohne daß
viele Worte gewechselt werden, spürbar.

Begrüßungsrituale sind sehr verschieden, je nachdem,
wo sie stattfinden, wie lange man sich nicht gesehen hat

und wie die Beziehung beschaffen ist. Eine Begrüßung nach ein paar Stunden wird anders ausfallen als eine nach Jahren der Trennung und anders, wenn man im Streit auseinandergegangen ist, als wenn man sich nur schwer voneinander lösen konnte.

In Partnerschaften nehmen Begrüßungsrituale einen wichtigen Stellenwert ein, weil sie den Beginn der gemeinsamen Zeit markieren in Abgrenzung zu der Zeit, die außerhalb verbracht wird.

Sie vermitteln äußerst vielfältige Botschaften: Ich freue mich auf dich, endlich bin ich da, ich bin innerlich noch nicht angekommen, ich brauche Abstand, laß mich in Ruhe, laß mir noch Zeit, ... Das zeigt sich nicht nur in Worten, sondern hauptsächlich in der Gestik und in der Mimik.

Im Begrüßungsritual wird festgelegt, wieviel Nähe erlaubt und wieviel Distanz nötig ist. Ist es ein kurzes Nicken oder eine herzliche Umarmung? Stimmen die Beteiligten überein im Ausmaß der Nähe, oder wehrt einer ab? Wird jemand wirklich empfangen und sein Da-Sein bejaht, oder etwa nur ertragen oder geduldet?

Die Begrüßung kann eine Fortsetzung der Beziehung oder auch eine Form von Neuanfang nach einer kurzen oder langen Trennung bedeuten. Die Art der Begrüßung kann zum Beispiel mitteilen, ob nach einem Streit eine Versöhnung ansteht oder ein Weiterstreiten angesagt ist. So beinhaltet eine Begrüßung immer auch eine Chance der aktuellen Beziehungsdefinition.

### Alltägliche Begrüßungsrituale

*Vanessa und Uli sind ein kinderloses Ehepaar. Sie kommt in der Regel vor ihm von der Arbeit nach Hause. Ihr abendliches Begrüßungsritual läuft so ab: Es be-*

*ginnt damit, daß sie sein Auto heranfahren hört und zur Tür geht. „Wie ging's dir heute?" ist seine erste Frage nach dem Begrüßungskuß. Während sie beide das Essen vorbereiten und den Tisch decken, erzählt sie davon, wie ihr Tag verlaufen ist. Er kennt ihre Kollegen und Kolleginnen zumindest dem Namen nach und läßt sich den neuesten Klatsch berichten. Auch dienstlicher Ärger oder Überraschungen sind Thema. Dann ist er dran, auch sie kennt sich in seiner Berufsszene aus.*

Dieser gegenseitige Austausch ist für beide sehr wichtig, und wenn er einmal nicht stattgefunden hat, weil irgend etwas dazwischen kam, vermissen sie ihn sehr. Er steht für sich-aufeinander-einlassen, teilnehmen an der Welt des anderen, sich füreinander interessieren, den anderen wichtig nehmen. Beendet wird ihr Ritual dadurch, daß sie den Tisch abräumen.

Dieses abendliche Gespräch ist für sie nicht nur Gewohnheit, sondern Ritual, weil es in bestimmter Weise abläuft und symbolhafte Bedeutung hat. Mit ihm wird das Gegenüber als zentral wichtiger Mensch gewürdigt. Es hat seinen Anfang mit dem Begrüßungskuß und sein Ende mit dem Abräumen des Tisches, und dazwischen findet der Wechsel von Mitteilungen statt. Aber es hat nicht nur den Sinn, dem andern nahe zu sein und ihn als wichtigen Menschen wertzuschätzen. Gleichzeitig werden durch den offenen Austausch beispielsweise auch Mißverständnisse vermieden, denn wenn man vom beruflichen Ärger des Partners weiß, dann muß man seine schlechte Laune nicht auf sich beziehen. Wenn man auf solch indirekte Weise eingebunden ist in die Berufswelt des Partners, kann man sein Verhalten besser verstehen und einordnen.

Natürlich sind die beiden nicht immer harmonisch aufeinander eingestellt. Dann findet ein alternatives Ritual statt, das genauso eine festgelegte Bedeutung und Ablauf hat wie das andere: Sie öffnet ihm nicht die Tür (er weiß jetzt, sie ist ihm nicht wohlgesinnt) und nach einem informativen Blickkontakt wird von beiden geprüft, ob ein klärendes Gespräch ansteht oder noch nicht.

Das Begrüßungsritual ist also ganz bedeutend für die Orientierung. Wenn zwei Menschen miteinander leben oder zumindest Zeit miteinander verbringen, dann brauchen sie Anhaltspunkte für den Umgang miteinander. Wie eng oder wie distanziert, wie herzlich oder wie kritisch – im Begrüßungsritual sind diese Botschaften mehr oder weniger verschlüsselt enthalten.

Paare, die sich nicht auf ein regelmäßiges tägliches Ritual verlassen können, weil sie beispielsweise im Schichtdienst arbeiten, brauchen mehr Flexibilität. Wenn er oder sie mal nachts, mal frühmorgens, mal nachmittags nach Hause kommt, kann das Ritual nicht immer zur gleichen Zeit stattfinden.

*Fabian, Sozialarbeiter in einem Jugendhaus, und Regina, Krankenschwester, schreiben sich Briefbotschaften, wenn sie sich nicht sehen, bevor sie zum Dienst gehen.*

*Im übrigen finden bei ihnen anstatt eines abendlichen Begrüßungsrituals je nach Dienstplan ein Frühstücksritual oder ein Teeritual am Nachmittag statt. Inhaltlich läuft es ähnlich ab wie bei Vanessa und Uli. Sie nehmen teil an den Belangen des andern und fühlen sich so einander nah.*

Die Ritualisierung der Begrüßung ist von Bedeutung, weil mit ihr eine wichtige Abgrenzung zum getrennt verbrachten Arbeitsalltag stattfindet und der Übergang zum gemeinsam verbrachten Privatleben markiert wird.

## Unstimmigkeiten

Die Intimität einer Beziehung drückt sich natürlich auch im Begrüßungsritual aus. Ein Liebespaar begrüßt sich anders als zwei Kollegen. Dabei gibt es große Unterschiede im Ausmaß der Offenheit, in der herzliche Umarmungen zelebriert werden. Viele Paare scheuen sich nicht, in aller Öffentlichkeit ihre Verbundenheit zu zeigen. Manche haben jedoch ihre Hemmungen.

*„Du begrüßt mich gar nicht richtig", warf Kilian seiner Freundin Elli vor, weil sie sich gegen seine Umarmung beim Abholen vom Dienst vor den Kollegen sträubte. Elli war so viel Innigkeit vor ihren Kollegen und überhaupt vor anderen Menschen peinlich. Kilian dagegen ließ sich durch niemanden stören. Sie fühlte sich vorgeführt, er fühlte sich zurückgestoßen. Er nannte sie prüde, sie schimpfte ihn exhibitionistisch. Ihre „kühle" Begrüßung erlebte er als persönliche Zurückweisung, obwohl es in Wirklichkeit nichts mit ihm zu tun hatte. Sie hatte einfach gelernt, in der Öffentlichkeit keine Gefühle zu zeigen. Sie würde auch vor andern niemals weinen oder wütend sein. Es kostete einige Streitgespräche und Vorwürfe, bis er das begriffen hatte. Sie lernten aber voneinander und näherten sich an: mit der Zeit traute sie sich eher, mehr von sich zu zeigen, und er nahm sich etwas mehr zurück, ohne beleidigt zu sein.*

## Wandel im Ritualgebrauch

Wenn aus dem Paar eine Familie wird, ändert sich häufig das tägliche Begrüßungsritual. Nicht mehr der Partner oder die Partnerin, sondern die Kinder werden zuerst begrüßt. Meistens schon einfach deshalb, weil sie auf den heimkehrenden Vater oder die heimkehrende Mutter als erste zustürzen. Damit kommen die meisten ganz gut zurecht, ohne sich vernachlässigt zu fühlen. Schließlich kommt darin normalerweise keine Abwertung zum Ausdruck, sondern ein ganz natürliches Miteinbeziehen der Kinder als Mitglieder der Lebensgemeinschaft. Entscheidend dabei ist, daß Nischen bleiben für die persönliche Begrüßung des Paares. Vielleicht kann sie zeitlich verschoben werden, wie bei Verena und Philip: sie lassen sich ihren Abendspaziergang nicht nehmen, egal welches Wetter ist. Das ist ihre Zeit, zu besprechen, wie der Tag gelaufen ist, was mit den Kindern war, was im Beruf war. Ihre ganz persönliche Begrüßung findet auf diese Weise statt.

### Konflikte und Bedürfnisse

*Marie und Rüdiger leben seit fünf Jahren zusammen. Marie ist vormittags berufstätig, Rüdiger kommt erst abends vom Büro nach Hause. In der Anfangszeit ihres Zusammenlebens hat Marie ab achtzehn Uhr auf Rüdiger gewartet, denn das war die Zeit, wo er heimkommen sollte. Sie hatte den Haushalt in Ordnung gebracht und schaute alle fünf Minuten auf die Uhr. Meistens kam er nicht pünktlich, sondern eine halbe oder sogar eine Stunde später. Ein Verkehrsstau oder eine längere Dienstbesprechung war die Erklärung. Marie war verärgert, und meistens verliefen diese Abende nicht harmonisch, sondern endeten oft in einem Streit. Im Grunde fehlte ihnen ein verläßliches Begrüßungsritual.*

*Sie fühlte sich abgewertet, an den Rand gestellt, und er fühlte sich durch ihr Warten unter Druck und eingeengt. Um das lästige Warten zu verhindern, gewöhnte sich Marie an, gerade zwischen achtzehn und zwanzig Uhr besonders aktiv zu sein. So konnte sie sich gut ab-*

*lenken. Sie verlegte einen Teil der Hausarbeit vom Nachmittag auf den Abend, oder legte bestimmte Termine auf die Zeit zwischen achtzehn und zwanzig Uhr. Das fiel Rüdiger allmählich unangenehm auf. Er hatte es nämlich im Grunde genossen, daß sie auf ihn wartete. „Immer wenn ich nach Hause komme, hast du entweder dringend etwas zu tun oder bist überhaupt nicht da! Da kann ich ja gleich wegbleiben", beschwerte er sich. Das gewohnte Muster „sie erwartet ihn, wenn er heimkehrt", fand nicht mehr statt, und er vermißte es. Mit der Zeit fanden sie die Lösung, daß ab neunzehn Uhr „ihre feste gemeinsame" Zeit begann. Sie hielt die Zeit nach neunzehn Uhr frei, und er rief rechtzeitig an, wenn er es nicht schaffte, bis dahin zu Hause zu sein. Das Warten war nicht mehr allein ihre Sache, und er mußte nicht mehr auf die Minute pünktlich sein, um keinen Ärger mit ihr zu bekommen. Sie entwickelten so ihr festes Begrüßungsritual, das um neunzehn Uhr damit begann, daß sie sich im Wohnzimmer zueinander setzten und darüber sprachen, wie sie den Abend verbringen wollten und wie ihr Tag gelaufen war.*

*Für Claudius und Maren fängt das abendliche Begrüßungsritual mit dem gemeinsamen Essen an und endet nach der Zigarette. Wie bei vielen Paaren ist das „ihre private Zeit", in der sie einander zuhören und erzählen. Für Maren bedeutet die Zubereitung der Mahlzeit auch eine persönliche Zuwendung an Claudius, nicht bloß die rein sachliche Beschäftigung. Und so läßt sie, wenn sie Streit haben, das Kochen ausfallen. Bei Streit findet bei ihnen kein gewohntes Begrüßungsritual statt. Wenn er kommt, geht er an den Kühlschrank, holt sich was raus und ißt allein, während er die Zeitung liest. Auch das ist schon ritualisiert als symbolhafte Handlung mit*

*der Botschaft „ich brauche dich nicht". Das Begrü-*
*ßungsritual des gemeinsamen Essens ist somit auch ein*
*Indikator für Harmonie. So wird aus dem Ritual kein*
*leerer, gefühlsunabhängiger Automatismus, sondern es*
*bleibt eine symbolhafte Handlung der Zuwendung.*

### Erstarrung und Zwang

In manchen Ehen gibt es immer noch ein sehr starres
und hierarchisches abendliches Begrüßungsritual: „er"
kommt heim und erwartet das Essen auf dem Tisch.
Noch eine ganze Reihe von Partnerschaften funktionieren nach diesem Modell. Da ist kein Freiraum für Flexibilität und keine Gegenseitigkeit. Nicht die Gefühle finden Ausdruck im Ritual, sondern einseitige Machtan-
sprüche. In dieser Form ist das scheinbare Begrüßungsritual eher ein Unterwerfungsritual. Es kann nur aufgrund
eines Machtgefälles funktionieren, wie es in typisch patriarchal organisierten Partnerschaften zu finden ist.
Wenn auch heute Partnerschaften mit solcher Struktur
immer seltener werden, so gibt es sie doch immer noch.
    Für manche Partnerschaften sind die vorgegebenen
Rituale der Kitt, der sie noch zusammenhält. Eigentlich
gibt es keine Gründe mehr, zusammenzubleiben, außer
der Gewohnheit und der Angst vor der Veränderung. Das
Ritual ist für solche Partnerschaften keine lebendige Bereicherung, sondern es zementiert das Brüchige und
dient der Vermeidung von Angst. So halten sich beide
gewissermaßen daran fest, unabhängig davon, wie stark
ihr Leben durch die Rituale reglementiert wird. Es
scheint ihnen immer noch besser als eine Trennung.
Werden die starren Rituale erst einmal in Frage gestellt,
dann ist gleich so vieles fragwürdig und beängstigend.
    Gesunde Rituale haben Freiheitsgrade und orientieren

sich an den aktuellen Bedürfnissen. Wenn sie sich über ihn ärgert, weil er schon wieder seine dreckigen Socken herumliegen läßt und morgens muffig aus dem Haus geht ohne Abschied, dann braucht sie sich nicht an das Gewohnte zu halten und das Essen für ihn vorbereiten, oder? Aber diese Abweichung würde eine Diskussion hervorrufen, vielleicht den Streit überhaupt, nach dem es keine Versöhnung gibt, und das macht angst. So hält sie sich an das Ritual, das der Angstabwehr dient, und kocht wie gewohnt.

## Begrüßungsrituale nach längeren Trennungen

Zu den Begrüßungsritualen nach längeren Trennungen gehört das Abholen vom Bahnhof oder Flughafen (das Entgegenkommen im direkten Wortsinn), der Blumenstrauß, das Geschenk (wir kennen die Standardfrage von Kindern „Hast du mir was mitgebracht?"), das Festmahl (das uns von jeher als Ausdruck besonderer Ehrerbietung und Friedfertigkeit bekannt ist), vielleicht das Schild an der Tür „Herzlich Willkommen". Darin wird das Besondere, die Freude ausgedrückt darüber, daß der oder die andere wieder da ist.

Oft sind aber Begrüßungsrituale nach einer längeren Trennung gar nicht von eindeutigen Gefühlen, sondern eher von Ambivalenz geprägt. Statt der stürmischen Umarmung findet ein vorsichtiges Abschätzen statt – wie „trifft man sich an"? Neben der Freude gibt es die Befürchtung, man könnte sich vielleicht fremd geworden sein, denn beide haben in der Zwischenzeit ja ihre eigenen Erfahrungen gemacht und hatten Erlebnisse, die sich irgendwie niedergeschlagen haben. Die alte Vertrautheit stellt sich vielleicht nicht automatisch wieder ein, sondern es braucht Zeit, bis sie wieder da ist.

Und so wird erst erspürt, wie der/die andere auf einen wirkt. Fühlt man sich so, als ob man gar nicht getrennt gewesen wäre? Ist es, als ob der Abschied erst gestern gewesen wäre? Oder scheinen Jahre, gar Lichtjahre dazwischen zu liegen?

*Bei Olga und Andreas gehört zum Begrüßungsritual nach einer längeren Trennung, daß sie zunächst sehr vorsichtig und distanziert miteinander umgehen. Wenn Andreas beruflich einige Monate weg war, dann muß er erst wieder „den Stallgeruch annehmen", wie Olga es auszudrücken pflegt, bevor sie sich wieder ganz auf ihn einlassen kann.*

So spielt also gerade nach längeren Trennungen die Zeit für die Wiederbegegnung eine wichtige Rolle. Wenn Erwartungen enttäuscht würden – sie freut sich gar nicht so sehr wie ich! – dann muß Zeit sein, das zu klären und in Ordnung zu bringen. Wenn man sich fremd fühlt, muß Zeit sein, sich allmählich wieder anzunähern.

Nach längeren Trennungen wird von beiden Seiten Toleranz und Respekt vor den Bedürfnissen des Partners und der Partnerin abverlangt. Wenn sie vor Begeisterung mit der Tür ins Haus fällt und er erschrocken zurückweicht, kann es leicht zu einer Bruchlandung kommen, die für beide kein guter Anfang wäre.

### Abschiedsrituale

Abschied kann vielerlei bedeuten, vom kleinen Abschied für ein paar Stunden bis zum Abschied für immer, gar den Abschied in den Tod. Auch das Aufgeben eines Bildes, einer Vorstellung, die man vom andern hat, ist ein Abschied, und Trauern hat mit Abschiednehmen zu tun. Abschiede beschließen etwas, damit Neues beginnen kann.

Ein „großer" Abschied, der für lange Zeit gilt, braucht ein anderes Ritual als ein „kleiner" für ein paar Stunden. Es macht einen Unterschied, ob jemand zur Arbeit geht oder auf eine Reise oder gar auswandert. Wir alle haben alltägliche Rituale des Abschiednehmens, die uns als solche vielleicht kaum bewußt sind. Sie geben uns dieses Stück Sicherheit und Stabilität, das wir gerade beim Abschiednehmen brauchen. Nicht nur die Dauer der Trennung, auch die Art der Beziehung ist für das Abschiedsritual von Bedeutung. Vom Partner verabschieden wir uns anders als von den Eltern, von den Kindern anders als von den Kollegen oder Freunden.

Einerseits steht uns also eine Vielzahl von alltäglichen Abschiedsritualen zur Verfügung: Worte, Gesten, Händeschütteln, Umarmung, Küsse. Andererseits zeigt sich aber auch immer wieder, daß wir notwendige Abschiede nicht vollzogen haben – vielleicht, weil uns ein passendes Ritual dafür fehlt. Viele versäumen oder vermeiden beispielsweise den Abschied von der Herkunftsfamilie oder von früheren Partnern, und die Lösung der daraus entstehenden Schwierigkeiten kann ein Ritual sein.

## Abschiede auf Zeit

Die täglichen, kleinen Abschiede orientieren sich stark an dem, was wir in der Herkunftsfamilie gelernt haben. War es normal, sich mit einer Umarmung und einem Kuß zu verabschieden, wenn man das Haus bzw. den andern verließ, dann wird dieser „Standard" in den meisten Fällen übernommen in die eigene Partnerschaft. Mit einem Partner, der das ganz anders gelernt hat, kann das durchaus zu Schwierigkeiten führen. Was für den einen Zurückweisung bedeutet, ist für den andern ganz „normal". Da ist es wichtig, miteinander zu reden über die Erfahrungen und Regeln in der Herkunftsfamilie, damit dem Verhalten des andern die richtige Bedeutung zugeordnet werden kann.

Tägliche Abschiedsrituale geraten leicht in Gefahr, zu Automatismen zu werden. Der Mann, der morgens aus dem Haus geht, haucht seiner Frau nach zehn Ehejahren einen flüchtigen Kuß auf die Wange und ist in Gedanken schon längst weg bei seiner Arbeit. Natürlich spürt sie das. Früher, ganz zu Beginn der Beziehung, gab es noch echte Abschiede mit dem schmerzhaften Gefühl von Trennung. Inzwischen ist eine Gewohnheit daraus geworden, so wie aus dem Zusammensein auch.

Abschiede haben mit Loslassen zu tun. Loslassen setzt Festhalten voraus. „Ich lasse dich gehen und freue mich auf dein Wiederkommen" könnte eine Formel sein, die bewußt machen kann, was es mit solch täglichen Abschieden auf sich hat.

Wie schwer fällt das Gehenlassen tatsächlich? Ist vielleicht im Lauf der Zeit aus dem Loslassen ein Loswerden geworden, und man freut sich gar nicht so richtig auf das Wiedersehen?

Die Abschiedsrituale von Paaren sagen viel über die Beziehung. Wieviel Emotionalität ist erlaubt? Wieviel körperliche Nähe? Ist die einst innige Umarmung vielleicht inzwischen zu einer flüchtigen Berührung geworden? Wird Berührung vermieden, einseitig oder beidseitig?

Keine Beziehung verträgt ständiges Zusammensein, und das Einander-Loslassen ist eine grundlegende Voraussetzung fürs Zusammenleben. In der Umarmung wird das Festhalten und das Loslassen symbolhaft sichtbar gemacht.

Nicht nur die großen, auch die täglichen, kleinen Abschiede setzen Vertrauen voraus. Menschen, die nicht loslassen können, sind in ihrem Leben sehr häufig mit endgültigen, vielleicht tödlichen Abschieden konfrontiert worden, und so wird leicht jeder Abschied als bedrohlich erlebt. Tatsächlich kann ja auch jeder Abschied ein Abschied für immer sein. Es gibt in Beziehungen keine wirklichen Sicherheiten und Garantien.

In unseren engen Beziehungen haben wir unsere ganz persönlichen Abschiedssätze, denen wir gelegentlich vielleicht sogar geradezu magische Bedeutung zuschreiben: „Paß auf dich auf", oder „Komm gut wieder", oder „Mach's gut" gehören zum Beispiel dazu. Wenn wir sie vergessen, dann fehlt etwas, und wenn wir im Ärger auseinandergehen, dann sagen wir sie nicht.

Im Abschiedsritual kommen Verbundenheit und Loslassen zum Ausdruck. Führen wir es bewußt aus, dann sind damit Fragen verbunden wie: „Was bedeutet mir die Anwesenheit des andern überhaupt? Wieviel Vertrauen habe ich, daß er wiederkommt, daß es weitergeht mit uns? Was fehlt mir in der Person des anderen, wenn er geht? Wodurch wird mein Leben mit ihm bereichert? Nimmt er mir vielleicht einfach nur das Gefühl des Alleinseins? Bedeutet der andere vielleicht nur noch Sicherheit und Gewohnheit? Kann die Berührung genossen werden, oder sträubt man sich innerlich dagegen? Ist die Umarmung herzlich, oder ein formaler Akt, der dazu gehört, weil das seit Jahren so eingeübt ist?"

Das bewußte Reflektieren unserer alltäglichen Rituale hilft, den Automatismen und der Erstarrung gegenzusteuern und die Lebendigkeit und die Entwicklungsmöglichkeiten in der Beziehung offenzuhalten.

In Belastungszeiten einer Partnerschaft sind Rituale von besonderer Wichtigkeit, weil sie Bedeutungen vermitteln, die mit Worten möglicherweise gar nicht so leicht auszudrücken sind. Längere Trennungszeiten können solch eine Belastung sein, die ein Symbol dafür braucht, daß Abschied nicht gleich Ende ist. In diesem Zusammenhang haben die Abschiedsgeschenke ihre Bedeutung. Sie erleichtern den Abschied, indem sie versinnbildlichen, „ich gebe dir etwas von mir mit, ich bin ‚ein Stück' bei dir, auch wenn wir uns jetzt für eine Weile trennen". Es bleibt etwas.

*Gesine und Benno entwickelten ein Abschiedsritual während der Zeit, als sie eine Wochenendbeziehung führten. Er fuhr jeden Montagmorgen dreihundert Kilometer zu seiner neuen Arbeitsstelle und kam freitags zurück. Montags, wenn er abreiste, überreichte Gesine ihm gewöhnlich ein kleines Geschenk, ein Buch von einem Autor, der ihn interessierte, oder etwas Besonderes zum Essen beispielsweise. „Ich hatte dabei das Gefühl, daß ich irgendwie bei ihm war. Das machte mir den Abschied nicht so schwer", erklärt sie. Er wiederum brachte freitags für Gesine etwas mit. Damit drückte er aus, daß er in Gedanken bei ihr war. Natürlich gab es auch Krisen in dieser Zeit. Sie bedeutete ja durchaus eine Belastung für die Partnerschaft. „Dann kam es vor, daß ich ihm sein Geschenk einfach nicht geben konnte, weil wir einen Streit nicht beigelegt hatten. Aber manchmal wurde es auch gerade zum Versöhnungsangebot beim Abschied, wenn ich ihn in Unfrieden nicht gehen lassen konnte."*

*Das Geschenkritual von Gesine und Benno war kein totes Ritual. Es bedeutete keinen Zwang („Ach, was soll ich ihm denn dieses Mal bloß wieder mitgeben, er wartet ja darauf"), sondern war lebendig, weil es eng an Gefühle geknüpft war. Das Geschenk wurde zum Symbol sowohl für Verbundenheit als auch für Versöhnung.*

*Ruth und Martin leben drei Tage in der Woche getrennt. Ruth hat eine Halbtagsstelle in einer achtzig Kilometer entfernten Stadt, die sie an drei Tagen „abarbeitet". Ihr Abschiedsritual sieht so aus, daß er sie am Montagmorgen auf dem Weg zu seiner Arbeit zur Bahn bringt und immer mit dem Satz verabschiedet: „Bis übermorgen also". Das ist für beide ganz wichtig, weil sich die Trennung dadurch nicht so lange anhört. Gleichzeitig wissen beide, daß es ihnen auch ganz gut tut, nicht ständig beieinander zu sein. Mittwochabends treffen sie wieder zusammen mit neuen Anregungen und viel Erzählstoff.*

## Abschied von der Herkunftsfamilie

Im traditionellen Hochzeitsritual kommen der Abschied von der Herkunftsfamilie und die neue Zugehörigkeit deutlich zum Ausdruck: Die Eltern übergeben vor dem Altar Braut und Bräutigam einander, sie lassen sie los, und beide verlassen die Kirche als Paar und als neue Kernfamilie. Es gibt allerdings auch patriarchal einseitige Zeremonien, wo nur die Braut von ihrem Vater dem Bräutigam „übergeben" wird. Hier findet sichtbar ein Besitzerwechsel vom Vater auf den Ehemann statt.

Heutzutage wird dieses Ritual der „Übergabe" beider Brautleute nur noch selten praktiziert. Und häufig genug wird der Abschied von der Herkunftsfamilie tatsächlich nicht vollzogen.

Das zeigt sich dann darin, daß etwa die Frau fast täglich ihre Mutter besuchen muß, oder der elterliche Rat für Entscheidungen maßgebend ist. Oder daß der Mann grundsätzlich jeden Sonntagmorgen bei seinen Eltern verbringt. Dann hat keine Loslösung stattgefunden, und die Partnerschaft ist nicht wirklich zum eigenen neuen Lebensraum geworden.

In einem Fall ging der Mann täglich direkt nach der Arbeit zu seiner alleinlebenden Mutter und kam erst spät abends nach Hause. Das Kind war längst im Bett, und die Frau verbrachte jeden Abend ohne ihn. Natürlich fühlte sie sich ungeliebt und zurückgesetzt. „Er ist mit seiner Mutter verheiratet", sagte sie bitter. Und damit hatte sie ja in gewisser Weise recht.

Ein Abschiedsbrief an die Mutter, (den er erst einmal nicht abschickte, sondern zu seiner eigenen Klärung schrieb), verbunden mit einem neuen Eheversprechen gegenüber der Frau, war ein hilfreiches Ritual für das Paar. Es machte ihm deutlich, um was es ging. Wem fühlte er sich zugehörig? Mit wem wollte er leben? Er setzte sich lange auseinander mit der Frage, welche Verantwortung er für seine Mutter empfand und was das für seine Ehe bedeutete. Leicht fiel ihm das alles nicht. Aber die Notwendigkeit dafür spürte auch er.

Briefe spielen eine große Rolle bei Ritualen für Abschiede, die längst fällig sind. Da solche Briefe nicht abgeschickt werden müssen, weil sie in erster Linie der persönlichen Klärung dienen, kann all das gesagt werden, was man nie zu sagen wagte. Es kann mit der Vergangenheit aufgeräumt werden. Sowohl Positives wie Negatives hat Platz.

Der Brief an sich ist schon Ausdruck dafür, daß man nicht direkt persönlich miteinander spricht, sondern daß ein Abstand, in diesem Fall ein gesunder Abstand, der zuvor nicht eingehalten wurde, jetzt zwischen einem ist. Die Beziehung wird neu definiert.

Ein Paar kann nicht wirklich zum Paar mit einer gemeinsamen Zukunft werden, wenn die Bindung an die Eltern vorrangig ist.

## *Idealisierung*

Daß wir den Partner zu Beginn der Beziehung idealisieren, ist normal. Wir machen uns ein Bild von ihm, ein positives Bild. Wir sind verliebt und blenden aus, was uns nicht gefällt. Halten wir an diesem Idealbild fest, dann führt das irgendwann unweigerlich zur Ent-Täuschung, die oft bitter und schmerzhaft ist. Der andere ist nicht genau so, wie wir ihn uns vorstellen und wünschen. Er hat noch andere Seiten. Können die auch angenommen werden? Oder muß er dem Bild entsprechen? Zum Gelingen einer Partnerschaft gehört auch, dieses Idealbild des andern loszulassen, uns von ihm ein Stück weit zu verabschieden, um uns auf den realen Menschen einlassen zu können. Nur dann hat eine Partnerschaft Chancen, dauerhaft zu sein und lebendig. Sonst liebe ich nicht die andere Person, sondern mein Bild von ihr.

Auch für diesen Abschied kann ein Ritual zu zweit hilfreich und weiterführend sein:

Auf einzelne Kärtchen wird jeweils eine der Eigenschaften, die am andern beim Kennenlernen faszinierten, geschrieben. So entsteht ein Bild davon, wie der andere am Anfang erschien und was besonders liebenswert war. Was ist daraus geworden? Wie hat sich das Bild gewandelt? Was hat sich bestätigt, was vermisse ich mittlerweile? Was war eine Wunschvorstellung von mir, was habe ich in den andern hineingesehen? Von welchen Bildern kann ich mich verabschieden, von welchen nicht?

Kann er zum Beispiel die Vision loslassen, daß sie stets fröhlich ist und ihm aus seiner Depression heraushilft? Kann sie die Vorstellung aufgeben, daß er immer stark und überlegen sein muß? Zum Zeichen des Abschieds können die einzelnen Kärtchen beiseite gelegt werden.

Vielleicht stellt man aber auch fest, daß einige davon noch gebraucht werden. Daß er für sie einfach noch eine Weile der Supermann sein muß oder sie für ihn die Vorzeigefrau. Dann müssen sie aufgehoben werden, und in einem späteren Ritual ist neu darüber zu befinden. Entscheidend ist, zu wissen, inwieweit es sich dabei um die eigenen Wünsche handelt, die der andere nicht erfüllen muß.

Viel Zeit, ungestörte Aufmerksamkeit und Ruhe sind wichtige Voraussetzungen für die Durchführung eines solchen Rituals. Es kann als etwas Feierliches anberaumt werden – was es ja auch ist.

Die Feststellung ist keine Seltenheit, daß gerade das, was man ursprünglich besonders am andern mochte, mit der Zeit zu dem wird, was man am meisten ablehnt. Diese Beobachtung miteinander zu machen, kann in kritischen Phasen einer Partnerschaft neue konstruktive Impulse geben.

*Als Mark und Katja dieses Ritual durchführten, kannten sie sich fünf Jahre. Bei der Erinnerung an das, was anfangs besonders anziehend war, staunte Katja. „Mir wurde plötzlich bewußt, daß das, was ich jetzt unerträglich an ihm finde, genau das war, was mich früher so faszinierte: sein Humor, seine Art, die Dinge leicht zu nehmen. Er brachte in mein Leben so eine Leichtigkeit, brachte mich so oft zum Lachen. Inzwischen finde ich ihn deswegen oberflächlich und werfe ihm vor, daß man nicht ernsthaft mit ihm reden kann. Über diese Feststellung bin ich ziemlich erschrocken."*

*Umgekehrt fand Mark an Katja ihren Sinn für Ordnung, ihre Verläßlichkeit besonders liebenswert. Jetzt nennt er sie stattdessen öfters putzsüchtig oder kleinkariert und pingelig.*

Wie kam es zu diesen Umdeutungen? Sie fanden heraus, warum bestimmte Eigenschaften ursprünglich so anziehend gewesen waren – etwa weil sie ihnen selbst fehlten, oder weil die Vorgängerin genau das Gegenteil war oder weil es an einen Elternteil erinnerte. Den andern annehmen, wie er ist, gehört wohl mit zur Kunst des Liebens, und hartnäckige Idealisierungen können dem im Wege stehen.

### Verantwortung loslassen

Es ist eine heikle Frage, inwieweit Paare Verantwortung füreinander tragen. Bestimmte Formen von Verantwortungsübernahme können leicht in Kontrolle übergehen. Passender scheint mir die Formulierung, daß Menschen, die sich nahestehen, verantwortlich miteinander umgehen. Das bedeutet in erster Linie, daß sie für sich selbst Verantwortung übernehmen.

*Friederike war seit acht Jahren mit Carsten zusammen. Nun hatte sie vor, sich zu trennen, nachdem die Beziehung schon seit Jahren schwierig geworden war. Carsten war klammernd und engte Friederike mehr und mehr ein. Er reagierte depressiv, wenn sie etwas für sich unternahm und er sich ausgeschlossen fühlte. Als sie ihm sagte, daß sie es für besser hielt, sich zu trennen, brach er zusammen und kündigte an, daß er sich dann umbringen würde.*

*„Es war, als ob sich eine Betondecke auf mich legte“, sagte sie. „Von da an fühlte ich mich wie in einem Kerker.“*

*Folgendes Ritual half Friederike, klarer zu werden und zu sich selbst zu finden: Sie nahmen sich einen Abend ganz bewußt Zeit miteinander und setzten sich einander gegenüber. Dann sagte Friederike zu Carsten: „Ich gebe dir hiermit die Verantwortung für dein Leben ganz an dich zurück. Du hast es von einer höheren Macht bekommen, und ich habe es gerne ein paar Jahre mit dir geteilt. Doch für alles, was du damit machst, trägst du allein die Verantwortung.“* Friederike fühlte sich danach wie befreit. „Die Betondecke war auf einmal weg.“

Zwar waren ihre Probleme nicht gelöst, aber die Voraussetzung dafür, sie bearbeiten zu können, war durch dieses besondere Abschiedsritual geschaffen.

*Wenn Paula zwanghaft sämtliche Flaschen im Haus wegräumt, weil ihr Mann Alkoholiker ist, dann hat sie eine Verantwortung übernommen, die nicht ihre, sondern seine eigene ist. Für sie ist das Suchen und Wegräumen oder Ausleeren von Flaschen zur rituellen Zwangshandlung geworden. Jeden Morgen macht sie ihren Kontrollgang, und wenn er abends oder am Wochenende zu Hause ist, beobachtet sie ihn ängstlich. Er ist schon mehrmals rückfällig geworden.*

*Es hat lange gedauert, bis Paula mit therapeutischer Hilfe so weit war, folgendes Ritual auszuführen: Sie sammelte ein letztes Mal Flaschen, stellte sie alle auf den Tisch, den sie zuvor mit einer Tischdecke und einer Kerze feierlich gedeckt hatte, setzte sich ihrem Mann gegenüber und sagte zu ihm, indem sie ihm in die Augen sah: „Hiermit gebe ich dir die Verantwortung für deine Sucht zurück. Ich werde ab jetzt für mich sorgen, und es kann sein, daß dazu gehört, dich zu verlassen.“*

*Das hatte nichts mit den bisherigen Drohungen zu tun, das merkten beide. Sie spürte einen Schmerz dabei und so etwas wie Alleinsein, und sie mußte danach lange weinen. Aber mit der Zeit fühlte sie sich leichter. Sie hatte etwas zurückgegeben, was sie beschwert hatte und immer mehr Macht über ihr eigenes Leben gewonnen hatte.*

Diese Ritualform kann für alle möglichen vergleichbaren Fälle verwendet werden. Das, worum es geht, wird – meist in symbolisierter Form – dem andern feierlich zurückgegeben. Wirken kann dieses Ritual nur, wenn die Bereitschaft tatsächlich da ist, auf etwas zu verzichten: denn Verantwortung und Kontrolle haben mit Macht zu tun. Die Verantwortung zurückgeben heißt in diesem Fall aus dem Machtkampf aussteigen.

## Abschied vom Kinderwunsch

Unerfüllter Kinderwunsch treibt Paare manchmal zu gigantischen Anstrengungen. Wenn alle medizinischen Möglichkeiten ausnahmslos ausgeschöpft sind, dann bleibt immer noch die Hoffnung, daß irgendwo auf der Welt ein Spezialist doch noch mit einer ganz neuen Methode helfen kann. Es ist nicht erstaunlich, daß diese andauernde intensive Fixierung auf eine Schwangerschaft den Blick auf andere Formen von Fruchtbarkeit und Lebendigkeit in der Beziehung verstellt und eine enorme Belastung für die Partnerschaft darstellt. Beide erleben eine Aneinanderreihung von Enttäuschungen. Eine potentielle gemeinsame Neuorientierung wird verhindert, und erfahrungsgemäß scheitern solche Beziehungen nicht selten. Sie suchen sich neue Partner, mit denen sie den Kinderwunsch doch zu erfüllen hoffen. Letztlich geht es also in vielen Fällen um die Alternative Abschied vom Partner oder Abschied vom Kinderwunsch.

Den unerfüllten Wunsch nach eigenen Kindern zu verabschieden ist ein schmerzhafter, tiefgreifender und zugleich befreiender Prozeß. Wenn beide es wollen, dann kann mit Hilfe eines Rituals der Blick auf andere Formen von Fruchtbarkeit geöffnet werden.

Sie beginnen es, indem sie ihre Ideen und Phantasien aufschreiben, die sie mit einem Kind verbinden (zum Beispiel jemanden versorgen dürfen, für jemanden ganz wichtig sein, nicht allein sein, jemanden bemuttern dürfen, in jemandem weiterleben ...). Dann schreiben sie auf ein anderes Blatt alle Vorteile, die das Leben ohne Kind mit sich bringt (mehr freie Zeit, Geld, Unabhängigkeit, berufliche Chancen ...) und sprechen darüber. Vielleicht sind sie bereit, das erste Blatt zu verbrennen. Abgeschlossen wird das Ritual, indem sie sich versprechen, einander zu unterstützen dabei, neue Formen von Kreativität zu leben.

### Ende einer Partnerschaft

Paare, die in einer Lebensgemeinschaft ohne Trauschein leben, haben erfahrungsgemäß mehr Schwierigkeiten, sich zu trennen, als verheiratete, die die amtliche Scheidung als Trennungsritual haben. Sie müssen ein eigenes Trennungsritual finden, das ihnen das Ende der Beziehung in Deutlichkeit und Klarheit vor Augen führt und sie damit frei macht für einen Neuanfang ohne den Partner.

In einem Abschiedsritual muß Platz sein für die Trauer und für das Schöne, das in der Beziehung war. Sonst kann die Trennung nicht wirklich verarbeitet werden, dann bleibt sie unabgeschlossen. Wenn zwei im Zorn auseinandergehen, bleiben sie erfahrungsgemäß negativ gebunden.

Der Kern eines Trennungsrituals für Paare, die sich nach langer Zeit trennen, könnte folgender Satz sein:

„Ich nehme an, was du mir gegeben hast. Ich würdige dich als wichtigen Menschen, mit dem ich ein Stück meines Lebenswegs zusammen gegangen bin. Als Partner verabschiede ich mich nun von dir."

Solange man sich noch in der Phase von Wut, Haß, Ablehnung und Schuldzuweisungen befindet, ist solch ein Ritual natürlich nicht möglich. Auch diese Phase gehört natürlich zum Trennungsprozeß.

Eine Frau, deren Mann sie verlassen hatte und zu einer anderen gezogen war, wartete viele Monate lang darauf, daß er zu ihr zurückkommen würde. Sie war überzeugt, sie müsse nur geduldig genug sein. Irgendwann werde er ihren Wert erkennen und wiederkommen. Sie empfand kaum Haß und Wut auf ihn, die es ihr erleichtert hätten, sich von ihm zu verabschieden und einen Schlußstrich zu ziehen, um neu anzufangen. Stattdessen lebte sie so dahin mit ihrer Phantasie und versäumte es, sich dem Trauerprozeß zu stellen und die daraus resultierenden Weiterentwicklungsmöglichkeiten zu nutzen.

Abschied löst eine Vielfalt, vielleicht gar ein Chaos von Gefühlen aus. Sie müssen wohl durchgestanden werden, wenn er gelingen soll.

## Abschiedsgeschenke – das Gute würdigen

Mit Abschiedsgeschenken kann symbolhaft das Gute in einer beendeten Partnerschaft gewürdigt werden. Wenn zwei auseinandergehen, dann geht meist viel Zerstörung voraus. Wut und Entwertung des anderen helfen, sich zu trennen. Doch um den Trennungsprozeß wirklich zu vollziehen, muß auch das Positive in der Beziehung wertgeschätzt werden. Das braucht erfahrungsgemäß seine Zeit und ist erst möglich, nachdem man eine Weile auseinander ist.

*Gero schenkte seiner Frau nach ihrer Trennung ein paar ganz besondere Ohrringe: sie hatten die Form und Farbe eines herbstlichen, also schon nicht mehr lebendigen Ahornblattes, denn in Kanada waren sie häufig zusammen gewesen, und früher hatte er ihr zu festlichen Anlässen immer Ohrringe geschenkt.*

## Das Abschiedsritual als Sinnbild für die Partnerschaft

Hannah und Christoph lebten bereits zwei Jahre getrennt, als sie sich nach zehnjähriger Ehe scheiden ließen. Zwei Wochen vor dem Scheidungstermin trafen sie sich zu einer Wanderung, um noch einige Dinge zu besprechen. Unbeabsichtigt wurde diese Wanderung Sinnbild ihres gemeinsamen Wegs während ihrer Ehe: Es gab mühsame Steigungen und leichte Strecken, schöne Ausblicke und dorniges Gestrüpp, sie freuten sich an seltenen Pflanzen und ruhten aus auf einer Bank. Nach vier Stunden kamen sie an ihrem Ausgangspunkt an und verabschiedeten sich, um mit getrennten Wagen in verschiedene Richtungen zu fahren.

## Den Abschied von früheren Beziehungen nachholen

Nicht alle Beziehungen schließen wir wirklich ab, wenn sie zu Ende sind. Manchen hängen wir nach und hoffen noch auf einen Neubeginn, manche lassen wir ausklingen ohne Abschied, und damit ohne geklärt zu haben, was unverständlich oder unklar war. Auf diese Weise bleiben wir häufig latent gebunden und sind nicht wirklich frei für eine andere Partnerschaft.

Manchmal ist es möglich, sich persönlich zu verabschieden und „aufzuräumen". Dann kann aus der gescheiterten Liebesbeziehung vielleicht eine Freundschaft werden, die dauerhaft ist.

*Als Sabine sich in Benjamin verliebte, lebte sie schon fast ein Jahr getrennt von ihrem Freund Jochen. Der hatte aus beruflichen Gründen den Wohnort wechseln müssen, und sie konnte sich nicht entschließen, zu ihm zu ziehen. Sie sahen sich an den Wochenenden, zunächst regelmäßig, dann seltener. Es gab aber keine Aussprache darüber, wie sie ihre Beziehung erlebten.*

*„Als ich Benjamin kennenlernte, spürte ich, daß ich erst noch mit Jochen abschließen mußte. Ich hatte das Gefühl, das noch erledigen zu müssen, bevor ich mich richtig auf einen neuen Mann einlassen konnte. Wir trafen uns noch einmal und hatten eine wirklich gute Aussprache. Danach fuhr ich nach Hause und fühlte mich leichter."*

Wenn eine solche direkte Begegnung zum Abschied nicht möglich ist, dann könnte das feierliche Verbrennen von Briefen zum Beispiel das persönliche Abschiedsritual sein, um eine alte Bindung aufzulösen. Eine Feuerbestattung, die Raum schafft für Neues.

## Ein Kind betrauern

Wenn ein Paar ein Kind verliert, bedeutet das immer eine besondere Belastung für die Beziehung. Beide sind zutiefst verwundet und brauchen in ihrem Schmerz Trost und Zuwendung. Doch weil sie beide bedürftig sind, können sie einander nicht geben, was sie brauchen und fühlen sich oft unverstanden und alleingelassen. Nicht selten sind Partnerschaften solch einer Belastung nicht gewachsen und zerbrechen in der darauffolgenden Zeit.

Einerseits haben beide das Recht auf ihre eigene Trauer und den eigenen Abschied, so wie sie ja auch ihre persönliche Beziehung zu dem Kind hatten. Beide müssen die Klage und das Leid des andern ertragen bzw. mittragen, was nicht leicht ist. Nicht beschwichtigen, sondern die eigene Ohnmacht aushalten fällt oft besonders Männern schwer. Andererseits brauchen Paare als Eltern auch ein gemeinsames Ritual, das ihnen ihre Zusammengehörigkeit spürbar macht und hilft, den Verlust als ein verbindendes Schicksal in die Zukunft zu nehmen. Das Begräbnisritual reicht dafür möglicherweise nicht aus.

*Selina und Stefan verloren ihren Sohn Timo nach einer Herzoperation mit vier Jahren. Selina war damals gerade mit ihrem zweiten Kind im fünften Monat schwanger. Beide erzählten Timos kleiner Schwester später nichts von ihrem toten Bruder. Sie hatten beide den Tod ihres Sohnes nicht wirklich verarbeitet und betrauert, sondern eher verdrängt, was durch die Geburt von Lea, der Tochter, gefördert wurde. Sie konzentrierten sich auf das neue Baby, das für sie an die Stelle von Timo trat. Doch als Lea im Kindergarten war, wurde sie auffällig durch ihre Aggressivität. Über eine psychologische Beratung stießen die Eltern auf das Tabu in ihrer Familie und ließen sich sagen, daß Leas Verhaltensauffälligkeit wohl damit zusammenhing. Lea hatte in einem Test, in dem sie ihre Familie in Tieren zeichnen sollte, außer Vater, Mutter und sich selbst noch ein Tier gezeichnet. „Das ist auch noch da", erklärte sie. Die Notwendigkeit, das Geheimnis aufzudecken und Lea von ihrem verstorbenen Bruder zu erzählen, konfrontierte das Paar nochmals mit den zurückliegenden Erlebnissen, und es kam viel Schmerz und Traurigkeit in ihnen hoch. Beide schrieben für sich einen Brief an Timo, in dem sie all ihre Selbstvorwürfe, ihre Trauer und Verlassenheit, aber auch alle schönen Erinnerungen ausdrückten und schlossen mit dem Satz: „In meinem Herzen hast du immer deinen Platz". Beide Briefe legten sie zu den Sachen, die sie von Timo aufgehoben hat-*

*ten. Mit Lea zusammen besuchten sie dann Timos Grab, wo der Vater seit Jahren nicht mehr gewesen war.*
Mit diesem Ritual konnten die Eltern etwas nachholen, was sie seinerzeit vermieden hatten und was wie eine Hypothek auf der Familie lastete. Indem sie über den Tod des Kindes sprachen, sprachen sie auch über seine Existenz und bejahten damit eigentlich erst richtig sein Leben.

Wenn ein Kind durch eine Fehlgeburt verloren wird und kein Beerdigungsritual stattfinden kann, ist das eine besonders schwere Situation. Für das Gefühlschaos von Schmerz und Trauer und die vielen quälenden Fragen gibt es keine hilfreiche Form des Ausdrucks und Umgehens. Die Umwelt nimmt diesen Todesfall meistens nicht als wirklichen Verlust wahr und bringt wenig oder nur kurze Zeit Mitgefühl auf. „Du kannst doch wieder schwanger werden", heißt es da beschwichtigend. Auch der Vater erlebt den Verlust anders als die Mutter, und sein Verständnis reicht meist nicht so lange, wie sie es bräuchte. So häuft sich ein Berg von gegenseitigem Unverständnis zwischen dem Paar und bewirkt leicht eine Entfremdung.

Auch bei einer Fehlgeburt kann ein Brief an das ungeborene Kind ein heilsames Ritual sein. In diesem Brief haben all die Gedanken, Visionen, Hoffnungen, Vorstellungen und Gefühle Platz, die mit diesem Kind verbunden waren oder sind.

Marianne schrieb an ihr totes Kind, wie ratlos und erschrocken sie im ersten Moment war, als die Schwangerschaft festgestellt wurde. Gar nicht glücklich, weil es ihre Pläne durcheinanderbrachte. Welche Konflikte sie erlebte, bevor sie sich gegen eine Schwangerschaftsunterbrechung entschied. Wie sie sich mehr und mehr auf es einließ und sich zunehmend freute, und dann ging es von selbst, ohne zu fragen, ohne Rücksicht auf ihre Gefühle. Wie enttäuscht und wütend sie dadurch auch auf es war. Und wie sie manchmal überlegte, ob das die Strafe dafür war, daß sie es zu Beginn gar nicht gewollt hatte.

Mit solch einem Brief findet ein ganz persönlicher Kontakt mit dem Baby statt, eine Begegnung, vielleicht ein innerer Dialog. Vielleicht gibt es auch Symbole für dieses Kind, etwa Kleidungsstücke aus der Schwangerschaft oder vielleicht bestimmte Nahrungsmittel, die während der Schwangerschaft besonders geliebt wurden, oder auch schon angeschaffte Babykleidung oder Spielzeug. Diese Symbole und der Brief gehören zusammen – vielleicht in ein Tuch eingebunden oder in eine Schachtel gelegt – und erhalten einen Platz, um ähnlich wie ein Grab zugänglich zu sein.

Es mag sein, daß der Vater des Kindes mit einem solchen Ritual nichts anfangen und sich nicht beteiligen kann, weil er – anders als die Mutter – noch keine persönliche Beziehung zu dem Kind hatte. Trotzdem sollte er es als persönlichen Abschied seiner Frau vom gemeinsamen Kind sehr ernstnehmen und achten, weil es dabei um die Gefühle seiner Frau geht. Gefühle kann man nicht immer teilen, aber immer respektieren.

### Sterben, Abschied für immer

Beim Sterben geht es um den Abschied für immer. Im Beerdigungsritual kommt der endgültige, „offizielle" Abschied zum Ausdruck, aber eine enge Lebensgemeinschaft braucht mehr. Es braucht, wenn möglich, vor dem Sterben viele kleine Abschiede, um einander loszulassen, um das gemeinsam Gelebte zu würdigen und der

Verbundenheit, dem Schmerz und der Angst den notwendigen Raum zu geben.

Ist einer der Partner an einer lebensbedrohlichen oder tödlichen Krankheit erkrankt, dann ist die Zeit für das Abschiednehmen gegeben. Doch viele Paare können damit nicht umgehen. Sie verdrängen die Bedrohung und verstecken ihre Angst hinter der verzweifelten Schilderung von in Wirklichkeit aussichtslosen Zukunftsperspektiven. Die häufige Folge ist eine unendliche Erschwerung der Trauerarbeit, die nicht selten in jahrelange Depression mündet.

*Als Ruth und Gerd erfuhren, daß er Krebs hatte, waren beide über sechzig, die Kinder längst erwachsen und aus dem Haus. Ruth hatte nie einen Beruf ausgeübt, sondern war immer Hausfrau gewesen. So hatten beide eine sehr traditionelle Rollenverteilung gelebt: Sie sorgte für alles innerhalb der Familie, für das emotionale Klima, für Harmonie und Gedeihen der beiden Kinder und natürlich den Haushalt. Er war zuständig für alles „draußen in der Welt": alle finanziellen Belange und formalen Lebensnotwendigkeiten. Während sie die Familie nach innen vertrat, vertrat er sie nach außen. So war unvermeidlich, daß Ruth jede Kompetenz und Selbstsicherheit abging, was „geschäftliche Dinge" betraf. Das war immer sein Ressort gewesen. Die strikte Arbeitsteilung hatte die fatale Folge, daß durch seine Krankheit gewissermaßen ihre zweite Hälfte ausfiel. Als er ins Krankenhaus kam und die Diagnose gestellt wurde, reagierte sie zunächst mit Panik. Die beiden Kinder, die in einiger Entfernung wohnten, konnten nur am Wochenende kommen. Ruth besuchte ihren Mann jeden Tag, aber sie sprachen beide kein Wort über das Sterben und ihre Angst. Auch die Kinder* vermieden das Thema, weil sie das Tabu spürten und nicht wagten, es zu durchbrechen. Ruth schmiedete Zukunftspläne („Wenn du wieder gesund bist, machen wir eine Reise nach Mallorca"), und er hörte zu und sagte nichts. Sein Zustand schwankte über die Monate und war mal etwas besser, dann wieder schlechter. Auch als die Ärzte ihr sagten, er habe nur noch kurze Zeit zu leben, konnte sie den Gedanken an seinen Tod nicht aushalten. Manchmal setzte er an, darüber zu sprechen, denn er wußte es, aber dann blockte sie ihn ab mit tränenerstickten Worten: „Hör auf, du wirst doch wieder gesund." Für sie durfte er einfach nicht sterben.

Nach seinem Tod brach sie nahezu zusammen. Sie konnte sich nicht damit trösten, daß sein Leiden ein Ende hatte, sondern nahm nur ihren Verlust wahr. Ihre Kinder unterstützten sie nach Kräften, aber sie klagte nur unaufhörlich und erkannte nichts an. Nichts war gut genug, und sie wurde zu einer jener lamentierenden Witwen, die auch nach Jahren kein anderes Thema als ihre Verlassenheit kennen und voller Selbstmitleid und Mißgunst auf das Schicksal der anderen blicken. Ab und zu litt sie unter Schuldgefühlen und nahm wahr, wieviel sie versäumt hatte. Es ging ihr schlecht, und sie vereinsamte zusehends, weil sie für ihre Umwelt schwer erträglich war.

Die Gründe, warum Ruth sich nicht rechtzeitig von ihrem Mann verabschieden und seinen Tod nicht annehmen konnte, sind sicherlich komplex. Abschiednehmen ist schwer, wenn es um den Menschen geht, mit dem man den größten Teil des Lebens verbracht hat und der so lebensnotwendig geworden ist. Doch im Abschiednehmen liegt die Chance, das nachzuholen, was lange beiseite gedrängt und nicht erledigt wurde. Alte Vorwürfe zurücknehmen, Erinnerungen nochmals gemeinsam nacherleben, Dankbarkeit ausdrücken gehören dazu und erleichtern den Übergang in den neuen Lebensabschnitt ohne den andern.

*Christine und Volker waren erst Ende dreißig, als die Diagnose Morbus Hodgkin bei Volker wie ein Schlag über sie hereinbrach. Sie hatten zwei Kinder, fünf und neun Jahre alt, und Christine war als Lehrerin mit halbem Lehrauftrag tätig.*

*Auch Christine wurde von Panik erfaßt, als sie begriffen hatte, was die Krankheit bedeutete. Doch sie hatte intensive Gespräche mit Freunden, wo sie ihre Angst und ihren Schmerz zeigen konnte und aufgefangen wurde. Sie stellte sich den Gesprächen mit den behandelnden Ärzten und flüchtete nicht in irreale Phantasien. Besonders schwer war es, die Kinder nicht zu belügen und gleichzeitig nicht zu sehr zu belasten. Durch die Unterstützung ihres Freundeskreises gelang es ihr.*

*Ihr Abschied von Volker vollzog sich in kleinen Schritten. Sie sprachen über ihre gemeinsame Zeit, die wichtigen Ereignisse in ihrem Leben, die Schwierigkeiten, die sie bewältigt und die Gipfelpunkte, die sie erreicht hatten. Auch die gegenseitigen Verletzungen fanden Ausdruck und wurden verziehen. Sie sprachen über die Zukunft der Kinder, über Volkers Wünsche diesbezüglich. Sie weinten viel in diesen Tagen und lebten jeden einzelnen sehr bewußt zusammen mit dem Wissen, daß ihnen nicht mehr viele bleiben würden.*

Ein intensives Abschiedsritual beschließt das, was war, und macht es zu einer Gestalt. Natürlich erspart es nicht den Schmerz des Verlusts, aber es er-löst und macht frei für das Leben danach.

## Konfliktrituale und Lösungsrituale

In jeder Partnerschaft gibt es Themen und Bereiche, die Konfliktstoff beinhalten. Das ist an sich nichts Schlimmes, sondern im Gegenteil, es kann anregend und belebend sein. Harmonie pur wird erfahrungsgemäß bald langweilig. Der gelungene Umgang mit Konflikten ist bereichernd für die Partnerschaft, weil dadurch Wachstum und Lebendigkeit der Beziehung gefördert und der eigene Horizont erweitert wird. Voraussetzung dafür ist allerdings, daß die Gefühle und die Ansichten des Partners ernstgenommen werden, und beide Beteiligten Raum haben für ihre Sichtweisen und Überzeugungen. Ohne diese Grundhaltung wird die Auseinandersetzung zum Machtkampf und führt nicht zu einer Lösung, sondern zu Sieg und Niederlage. Wenn Konflikte in Form solcher ritualisierter Machtkämpfe ausgetragen werden, entstehen harte Fronten. Neue, lösungsorientierte Rituale helfen, das zu vermeiden.

### Konfliktunterdrückung

Harmoniebedürfnis und Angst vor Konflikten – vielleicht weil man als Kind viele Auseinandersetzungen miterlebt hat oder weil man Angst vor einem Scheitern der Beziehung hat – kann der Hintergrund dafür sein, anstehende Auseinandersetzungen zu vermeiden, anstatt sich darauf einzulassen. Aber manche, in der Mehrzahl Männer, gehen ihnen auch aus Bequemlichkeit und Ignoranz aus dem Weg. Sie haben in ihrer Arbeitswelt schon genug Konkurrenzkämpfe zu bestehen, so daß sie zu Hause ihre Ruhe wollen. Das Privatleben soll für sie der ruhende und friedvolle Gegenpol sein zum Kampf im Berufsleben. Damit werden sie der Komplexität der

Beziehung aber nicht gerecht, und vieles bleibt auf der Strecke, was bearbeitet werden müßte und für die Psychohygiene der Partnerschaft notwendig wäre.

*Bei Kristin und Uwe lief Folgendes ab, wenn sie Meinungsverschiedenheiten hatten:*
*Er hörte sich unwillig ihre Ausführungen an, dann gab er kurz und entschieden seine abweichenden Ansichten von sich, und nach einem knappen Wortwechsel verließ er die Wohnung. So wurden Konflikte niemals ausgetragen und zu einer Lösung geführt. Kristin hatte zunehmend das Mülleimergefühl, weil sie auf ihrem Groll sitzen blieb. Denn wenn Uwe zurückkam, tat er, als ob nichts vorgefallen wäre. Darüberhinaus bekam Kristin die Rolle der Bösen zugewiesen, denn er wollte ja scheinbar jeden Streit vermeiden, während sie weiterdiskutieren wollte.*
*Mit der Zeit sammelte sich eine Menge an Unerledigtem an. Kristin sprach sich mit ihren Freundinnen aus, da Uwe ihr unzugänglich war. Mit der Zeit entstand so eine zunehmende Distanz zwischen dem Paar. Die Ehe wurde immer brüchiger, weil der Berg von Unausgesprochenem zwischen ihnen immer größer wurde.*
*Bei der Paarberatung wurde ihnen folgendes Ritual vorgeschlagen:*
*Kristin überrannte Uwe künftig nicht einfach mit einem Konfliktthema, sondern beide verabredeten einen Termin innerhalb der nächsten zwei Tage, an dem sie es besprechen wollten. Und dann gingen sie solange nicht auseinander, bis sie sich gegenseitig versicherten, daß nichts mehr von dem Konflikt aufgewärmt würde, bzw. sie vertagten die weitere Diskussion ganz ausdrücklich und konkret, wenn sie merkten, daß sie zu diesem Zeitpunkt keine befriedigende Lösung fanden.*

In vielen Partnerschaften gibt es ganz bestimmte Themen, die immer wieder auf den Tisch kommen, weil sie nicht wirklich „erledigt" werden. Können Konflikte nicht mit einer Auseinandersetzung ausgeräumt werden, dann muß das ausdrücklich von beiden Partnern festgestellt werden, und sie müssen eine neue „Bearbeitung" anberaumen. Das Ende eines konstruktiven Rituals besteht aus der Bestätigung von beiden, daß sie mit dem Ergebnis zufrieden sind bzw. damit einverstanden sind, zu einem bestimmten Zeitpunkt erneut zu verhandeln.

Solch eine ausdrückliche Vertagung ist für harmoniebedürftige Menschen gar nicht so einfach. Wieviel angenehmer kann es sein, einer Sache zuzustimmen, nur damit ein Konflikt ausgeräumt ist und wieder scheinbarer Friede herrscht. Auseinandersetzung kostet schließlich Mühe. Doch mit der Zeit rächt es sich, wenn Diskrepanzen einfach beiseite gedrängt werden, und irgendwann bricht er oder sie den ganz großen Streit vom Zaun, der dann nicht mehr nachvollziehbar ist und sehr zerstörerisch sein kann.

Wenn Konflikte nicht ausgetragen, sondern verschleppt werden, dann wird dadurch häufig ein tiefgründiger Streit ausgebrütet, der mit dem Thema letztlich nichts mehr zu tun hat, sondern eine Explosion all des verdrängten Konfliktstoffs ist.

### Hausarbeit

Die alltäglichen, lästigen Aufgaben des Haushalts sind bei vielen Paaren ein wiederkehrendes Thema, da die Rollen nicht mehr so eindeutig und klar verteilt sind wie in früheren Generationen. Die Zuordnung der Pflichten ist nicht mehr nach männlich und weiblich ge-

64

ordnet, sondern flexibel und überschneidend geworden, und damit ist Konfliktstoff gegeben.

*Für Ornella und Claudius, beide berufstätig und kinderlos, stellte die Hausarbeit ein ständiges Konfliktthema dar. Fragen wie: Wer räumt auf, wer kocht, wer macht die Küche, wer macht sauber, führten bei ihnen regelmäßig zu Streitgesprächen. Der Ablauf war ritualisiert und schien unausweichlich zu sein: Es begann meist abends mit dem Anblick eines Mißstands (unaufgeräumte Küche, ungeputztes Badezimmer, leerer Kühlschrank). Ornella fing an zu schimpfen und warf Claudius vor, er mache überhaupt nichts im Haushalt. Daraufhin zählt er auf, was er doch mache. Dann entwickelte sich ein Disput nach dem Muster „Ich mache dies und dies, du dagegen machst nur dies", „Dafür mache ich das und das, was du nie machst". Beide beharrten fest auf ihrem Standpunkt und wollten den andern überzeugen, ohne kompromißbereit zu sein. Beide waren hartnäckig bestrebt, die eigene Position nicht aufzugeben, weil das eine Niederlage bedeutet hätte. So gingen sie zu Bett, ohne zu einem Konsens gekommen zu sein. Manchmal sprachen sie drei Tage lang nicht miteinander. Den Abschluß des ritualisierten Konflikts bildete entweder seine oder ihre Bitte: „Komm, laß uns wieder miteinander sprechen." Je nachdem, wer das belastende Schweigen nicht länger aushielt, gab (nach ihren Regeln) auf und ging auf den andern zu. An ihrem Problem änderte sich faktisch nichts. Dieses unproduktive Ritual wiederholte sich in dieser Form immer aufs neue.*

Wie könnte ein hilfreiches Ritual dagegen aussehen?

Ein bewußt ausgeführtes Ritual am Sonntagabend, in dem nur für die jeweils kommende Woche die Verteilung der Hausarbeiten vorgenommen wird, kann sich orientieren an den aktuellen Gegebenheiten und läßt Raum für individuelle Möglichkeiten und Grenzen. Wenn er in dieser Woche mehrere Abendtermine hat, dann wird sinnvollerweise sie sich ums Aufräumen der Küche abends kümmern. Dafür kann er etwas anderes übernehmen, das nicht mit seinen beruflichen Verpflichtungen kollidiert, oder er wird sein „Leistungsdefizit" von dieser Woche in der nächsten Woche ausgleichen. So wird ein Machtkampf verhindert, weil es in dem Prozeß wirklich um eine Lösung geht und nicht ums Rechthaben. Wird statt für die Ewigkeit nur für eine Woche geplant, dann geht es um die Sache und nicht um Grundsätze. Dann ist Annäherung möglich anstelle von Distanzierung.

Die zeitliche Begrenzung spielt bei der Lösung von Konflikten häufig eine wichtige Rolle. Oft wollen wir grundsätzliche Lösungen, Lösungen „für immer", und das wirkt sich fatal aus. Es geht hier nicht um Unverbindlichkeit, sondern um eine zeitlich begrenzte Verbindlichkeit, die in regelmäßigen, festgelegten Abständen neu vereinbart wird.

## Kinderwunsch

Wenn ein Paar sich nicht einig ist hinsichtlich der Frage, ob und wieviele Kinder sie wollen, dann kann daraus ein Dauerproblem entstehen, das in eine fortschreitende Distanzierung und Lähmung mündet.

*Das zweite Kind war ein immer wiederkehrendes Konfliktthema bei einem Paar, das bereits eine dreijährige Tochter hatte. Sie wollte dringend noch ein zweites Kind, während er sich heftig dagegen sträubte. Seine Argumente waren ebenso stichhaltig wie ihre. Ihm ging es um Lebensstandard und Freiraum, was beides mit ei-*

*nem zweiten Kind beschnitten würde. Sie wollte kein Einzelkind und war bereit, alle anfallenden Pflichten allein zu tragen. Jedesmal, wenn sie dieses Thema ansprach, lief die Diskussion nach demselben Muster ab: Er argumentierte, sie argumentierte, sie weinte, er übernachtete im Wohnzimmer und ging am nächsten Morgen grußlos zur Arbeit. In den folgenden zwei Wochen herrschten Spannung und Distanz zwischen ihnen. So blieb das Thema immer unterschwellig als Konflikt erhalten, und sie kamen zu keiner Annäherung oder Lösung.*

Bei einer Meinungsverschiedenheit, bei der es um alles oder nichts geht (ein bißchen Kind ist nicht möglich), landet man schnell an einem toten Punkt, wo das Gespräch festgefahren ist. In diesem Fall ist folgendes Ritual hilfreich:

Beide sollen an einem besonderen Ort (vielleicht auf einem Spaziergang, auf einer Bank im Wald, in einem gemütlichen und diskreten Lokal) als etwas Besonderes zwei Gespräche miteinander führen. Im ersten sollen sie zusammen alle Gründe erörtern, die für ein zweites Kind sprechen. Auch er soll also seinen Standpunkt verlassen und ganz den seiner Frau einnehmen. Beim zweiten Gespräch sollen sie dann beide seinen Standpunkt einnehmen, und auch sie soll sich ausschließlich Argumente überlegen, die gegen ein Kind sprechen. Auf diese Weise wird vermieden, daß sie sich festfahren und Distanz entsteht. Erfahrungsgemäß hilft dieses Ritual, sich anzunähern und Verständnis füreinander aufzubringen. Nur so kann irgendwann eine Lösung gefunden werden, bei der keiner der Verlierer ist.

Diese Ritualform ist immer dann anwendbar, wenn zu einem Thema zwei gegensätzliche Überzeugungen herrschen, die eine unüberbrückbare Distanz schaffen.

## Eifersucht

Eifersucht ist ein großes Thema in vielen Partnerschaften. Es berührt Themen wie Vertrauen, Freiheit, Besitzanspruch, Loslassen und Respekt. Das sind existentielle Fragen, die in jeder Beziehung eine wichtige Rolle spielen und an denen nicht wenige Partnerschaften scheitern. *Gregor und Susanne sind seit sechs Jahren verheiratet. Gregor ist dreizehn Jahre älter als sie, und Susanne ist eine lebendige und attraktive Frau. In Gesellschaft mit andern Männern erlebt Gregor seine Frau immer besonders sprühend und fröhlich, zu Hause dagegen eher ernst und in sich gekehrt. Nach einem Zusammensein mit Freunden gibt es immer eine heftige Auseinandersetzung zwischen beiden. Er wirft ihr vor, andere Männer ihm vorzuziehen und nur mit andern so richtig aus sich rauszugehen und lustig zu sein, ihn dagegen links liegenzulassen. Sie entgegnet, er sei bloß eifersüchtig. Damit scheint der Fall für sie erledigt zu sein. Er fühlt sich unwohl und unverstanden, die Rolle des eifersüchtigen Ehemannes gefällt ihm natürlich nicht. Er zieht sich gekränkt zurück, und die Szene wiederholt sich bei der nächsten Gelegenheit. Beide entfremden sich immer mehr voneinander.*

*Eine Etikettierung, wie Susanne sie vornimmt, ist ein einseitig bequemer und zugleich nicht lösungsorientierter Umgang mit Konflikten. Gemeint ist ja solch ein Etikett als Erklärung für das Verhalten des anderen, was an sich schon anmaßend ist. Es wird damit verschleiert, daß das Verhalten beider Partner aufeinander bezogen und nicht unabhängig voneinander ist, daß beide eine Rolle spielen bei einem Konflikt, daß es nicht nur das Problem des einen ist. Durch eine Festschreibung wird eine Klärung und Konfliktlösung verhindert.*

68

Die Alternative wäre, die Gefühlsäußerungen des andern grundsätzlich anzunehmen, egal, wie unangenehm und unverständlich sie sind. Sie sind einfach da und zunächst zu akzeptieren, ohne daß sie bejaht werden müßten. Er oder sie fühlt so, auch wenn ich das nicht will. Unter dieser Voraussetzung ist keine Verteidigung notwendig, sondern beide können einander zuhören. So wäre der Weg heraus aus dem Konflikt geebnet.

Im ritualisierten Konfliktgespräch sind Sätze, die mit „Du bist ..." anfangen, verboten und stattdessen zu formulieren mit „Ich fühle, ich erlebe, mir geht es damit so ...". Also Ich-Botschaften anstatt Du-Botschaften. Eine weitere Grundregel ist, daß keiner unterbrochen wird. Darüberhinaus wiederholt jeder mit eigenen Worten, wie er den andern verstanden hat. Erst wenn sicher ist, daß beide sich gegenseitig richtig verstehen, wird weitergegangen. Bei diesem Konfliktgespräch werden die Gefühle des andern nicht gewertet und abgelehnt, sondern aufgenommen und stehengelassen, auch wenn man/frau nicht einig damit ist. Dieser Respekt ist eine entscheidende Basis für das Gelingen einer Partnerschaft.

*Nicht immer bezieht sich Eifersucht auf andere potentielle Liebespartner. Bei Marianne und Philipp war es Mariannes Tochter Stella aus erster Ehe, die zu regelmäßigen Eifersuchtskonflikten führte. Mit Philipp hatte Marianne zwei fünfjährige Zwillingssöhne, und Stella war fünfzehn. Philipp ging so weit, daß er Stellas Mantel von der Garderobe riß und nur dann am Tisch aß, wenn sie nicht da war. Er fand jeden Tag einen Anlaß, über Stella zu schimpfen und ging ihr aus dem Weg. Darüber gab es massive Konflikte mit Marianne. Sie ergriff ausnahmslos Partei für ihre Tochter, was Philipp* erst recht wütend machte. Es war eine harte Front entstanden.

In einem Beratungsgespräch wurde zunächst aufgedeckt, um was es wirklich ging. Natürlich waren es nicht Stellas Eßmanieren, die Philipp von der Mahlzeit abhielten. Auch spielte nicht die Tatsache, daß sie ihre Kleidung nicht ordentlich an den Garderobenhaken hängte, wirklich eine Rolle. In Wirklichkeit erinnerte Stella Philipp an Mariannes erste Ehe, und die wollte er am liebsten ausmerzen. Auch die Bindung zwischen Marianne und Stella bedeutete für ihn eine persönliche Zurücksetzung. Insgeheim wollte er Marianne für sich allein haben. Marianne hielt die aggressive Spannung irgendwann nicht mehr aus und teilte das ihrem Mann mit. Er fand sich schließlich bereit, mit ihre eine Beratung aufzusuchen. Nach mehreren Sitzungen, in denen festgestellt wurde, daß Stellas Platz zweifellos in dieser Familie war, wurde folgendes Ritual vorgeschlagen: Marianne gab ihrem Mann und ihrer Tochter je einen vorbereiteten Text, mit dem sie sich eingehend befassen sollten. Als sie beide bereit waren, ihm zuzustimmen, wurde ein Abend am darauffolgenden Wochenende anberaumt, an dem sich die Familie viel Zeit nahm und alle zusammentrafen. Marianne hatte ein besonderes Essen zur Feier des Rituals vorbereitet. Philipp fing an mit seinem Text und sprach zu Stella: „Ich, Philipp, achte von jetzt an, daß du, Stella, vor mir in Mariannes Leben warst, und ich respektiere deinen Platz in dieser Familie." Daraufhin sagte Stella zu Philipp: „Ich, Stella, achte die Beziehung zwischen dir, Philipp, und meiner Mutter und werde sie nicht stören." Bei diesem Ritual war die ganze Familie Zeuge. Anschließend mußte jeder seinen Platz am Tisch finden. Erst als alle einverstanden waren mit der Sitzordnung von jedem, wurde

70

*das Ritual mit dem feierlichen Essen abgeschlossen.*
*Wenn es später zu Unstimmigkeiten kam, hatte schon*
*allein der Satz eines Familienmitglieds: „Wir sollten*
*mal wieder Risotto kochen" (das war die Ritualmahl-*
*zeit) eine entsprechende Wirkung. Sie erinnerten sich*
*und waren aufmerksam.*

## Schwiegereltern

Die Eltern gehören zu unserer Geschichte, unseren Wur-
zeln, auch wenn uns das nicht immer gefällt. Sie haben
uns mitgeprägt, und so spielen sie auch in unserer Partnerschaft eine bedeutsame Rolle, ob sie nun leibhaftig
da sind oder nicht, ob sie leben oder bereits tot sind. Im
Zusammenhang mit Eltern und Schwiegereltern geht es
um Themen wie Solidarität und Treue, Zusammengehörigkeit, Bindung, Abgrenzung und Ablösung. Gegenseitige Vorhaltungen in der Partnerschaft, daß die Eltern
eine zu große Rolle spielen bei Planungen und Entscheidungen, sind sehr verbreitet. Die Distanzierung von den
Eltern und die Solidarität mit dem Partner oder der Partnerin stellt eine Aufgabe dar, die unter bestimmten Um-
ständen schwierig sein kann.

So stellt die räumliche Nähe ein Hürde dar, die die Abgrenzung erschwert, und ganz besonders werden die
Kinder, die ja auch Enkelkinder sind, leicht zum Kon-
fliktfeld. Die Eltern und Schwiegereltern mischen sich
in vielen Familien in die Versorgung und Erziehung der
Kinder ein, und je dichter man beieinander wohnt, um
so mehr Gelegenheiten bieten sich für Unstimmigkeiten. Für das Paar sind das Herausforderungen, denen es
nicht immer ohne weiteres gewachsen ist.

*Petra und Markus wohnen mit ihrer knapp einjähri-*
*gen Tochter Simone bei Markus' Eltern im Haus. Mar-*

71

kus ist den ganzen Tag im Büro und kriegt wenig davon mit, was sich tagsüber abspielt. Fast jeden Abend beklagt sich Petra bei ihm über seine Mutter. Sie ärgert sich darüber, daß sie in der Wohnung auftaucht und Simone mit Süßigkeiten überhäuft und verwöhnt. Das Schlimmste ist aber, daß Simone keine Augen und Ohren mehr für ihre Mutter hat, sobald die Großmutter da ist. Wenn sie dann gegangen ist, quengelt die Kleine und ist nach Petras Meinung ganz aus dem Gleichgewicht. Sie verlangt von Markus, daß er mit seiner Mutter ein „ernstes Wort" spricht. Markus jedoch hat die allabendlichen Klagen satt und will seine Ruhe, wenn er nach Dienstschluß nach Hause kommt. Er fühlt sich von seiner Frau unter Druck gesetzt. So schlimm kann das doch nicht sein, meint er. Sie soll allein damit fertig werden. Und überhaupt, seine Mutter meint es doch gut. Petra fühlt sich von ihrem Mann alleingelassen. Als sie zur Beratung kommen, scheint die Situation ziemlich verfahren. Sie hat ihn unter Druck gesetzt, wenn er nicht mit zur Beratung komme, werde sie mit Simone ausziehen.

Es stellt sich heraus, daß Petra befürchtet, die Schwiegermutter habe einen zu großen Einfluß auf die Kleine und nehme ihr die Liebe ihrer Tochter weg. Andererseits will Markus seine Mutter nicht verletzen durch Vorgaben und Einschränkungen. Das, was Petra aber hauptsächlich aufwühlt, ist, daß sie sich von ihrem Mann im Stich gelassen fühlt.

Das Gesprächsritual beginnt damit, daß beide klar ausdrücken, was sie voneinander erwarten. Zum Beispiel erwartet Petra, daß Markus zu seiner Mutter geht und ihr sagt, daß sie künftig nicht mehr oder nur noch kommen soll, wenn Markus da ist. Markus erwartet von Petra, daß sie ihn ganz raushält aus dem Konflikt und sich allein mit seiner Mutter einigt. Zunächst hören sie einander nur zu, ohne zu unterbrechen, und wiederholen, wie sie den andern verstanden haben. Dann legen sie genauso klar dar, was von diesen Erwartungen sie erfüllen können und was nicht. Schließlich einigen sie sich darauf, daß der Großmutter Grenzen gesetzt werden, die sie ihr beide gemeinsam mitteilen. Sie laden sie ein am Sonntagnachmittag, haben den Kaffeetisch schön gedeckt, und dann erklärt Petra ihrer Schwiegermutter ohne Vorwurf in der Stimme, wie es ihr mit ihr geht und was sie befürchtet. Markus unterstützt sie, indem er sagt: „Ich verstehe meine Frau und möchte, daß wir zusammen einen Kompromiß finden."

Zunächst ist Markus' Mutter betreten. Doch weil es sich deutlich nicht um eine Zurechtweisung handelt, sondern um ein Aushandeln verschiedener Interessen, gibt es keinen Streit. Am Ende kommt heraus, daß die Großmutter die Enkelin zu bestimmten Zeiten hütet, und Petra diese Zeit nutzt, um persönliche Dinge zu erledigen oder auszugehen. So kommt die Schwiegermutter aus der Rolle des Eindringlings und Störenfrieds heraus, und Petra hat Nutzen von ihr. Daß sich die beiden Frauen in manchen Dingen nicht einig sind, beispielsweise was Süßigkeiten angeht, kann ruhig toleriert werden. Es wird das Kind nicht verwirren oder verstören, weil es Mutter und Großmutter auseinanderhalten kann und lernt, was bei Großmutter gilt, gilt bei Mutter nicht und umgekehrt.

Zentral wichtig war in diesem Fall, daß das junge Paar solidarisch war. Hätte sich Markus nicht schließlich zu seiner Frau bekannt und sie unterstützt, ohne seine Mutter damit abzuwerten, dann wäre allmählich eine unüberbrückbare Distanz entstanden zwischen ihnen. Das Gesprächsritual mit dem Aussprechen der gegenseitigen Erwartungen aneinander und dem Offenlegen der eigenen Grenzen diesbezüglich hilft, wenn es um Solidarität gegen einen erklärten „äußeren Feind" geht.

## Erziehung

Es gibt kein Elternpaar, das sich in Erziehungsfragen immer und ausschließlich einig wäre. Die Kinder stellen sogar ein besonders ergiebiges Konfliktpotential dar. Sie sind ja schließlich und leibhaftig das, was beide verbindet und gemeinsam haben, und so wird über sie viel ausgetragen, was möglicherweise nur indirekt mit ihnen zu tun hat. Auffällig wird das daran, daß Kinder immer wieder die Eltern gegeneinander ausspielen, wenn sie etwas erreichen wollen. Eltern müssen keineswegs immer die gleiche Meinung haben, was die Belange der Kinder angeht. Unterschiedliche Ansichten sind auch auf diesem Gebiet bereichernd. Entscheidend ist aber, daß beide miteinander reden und ihre Ansichten kennen. Wenn die Paarkommunikation in Ordnung ist, dann können Eltern auch nicht so leicht „hereingelegt" werden von ihren Kindern. Und wenn Kinder das wissen, dann versuchen sie es erst gar nicht. Sie lernen, daß Meinungsverschiedenheiten normal sind und zu einer Lösung führen können.

Ein bewährtes Ritual für Entscheidungen bei Uneinigkeit in einzelnen Kinderfragen ist das Ritual der „geraden und ungeraden Tage". An geraden Tagen entscheidet der Vater, an ungeraden die Mutter (oder umgekehrt). Auf diese Weise wird täglicher Streit vermieden und Ausgleich hergestellt. Kinder können damit besser umgehen, als man vielleicht vermuten mag. Erfahrungsgemäß wirkt es auf sie nicht verunsichernd oder künstlich, sondern kann zur Normalität gehören.

Doch es gibt zwischen Paaren auch die Uneinigkeit hinsichtlich ganz grundsätzlicher Erziehungshaltungen. Wenn einer der Partner meint, der oder die andere verwöhne das Kind nur bzw. sei immer viel zu streng, dann können sich belastende Spannungen und Entfremdung ergeben.

Der regelmäßige Gesprächsaustausch über das, was mit den Kindern erlebt wird und wie es erlebt wird, ist als fest installiertes abendliches oder wenigstens wöchentliches Ritual eine gute Prophylaxe gegen Entfremdung und Überraschungen.

Unser Erziehungsverhalten hat viel mit unserer eigenen Kindheitsgeschichte und Erziehung zu tun. Wenn der Vater weiß, daß der kleine Bruder seiner Frau bei einem Verkehrsunfall ums Leben gekommen ist, dann wird er verstehen, warum sie die Tochter auf dem Schulweg begleitet. Und umgekehrt, wenn sie den Zusammenhang zwischen seinen Schreianfällen und seinem Vater kennt, wird sie ihn nicht verurteilen, sondern Auslösesituationen zu verhindern suchen.

Nicht viele Väter sind allerdings davon begeistert, wenn sie sich abends, ausgepowert nach der Arbeit, noch mit den Tagesthemen der Kinder befassen sollen. Sie sehnen sich nach wohlverdienter Entspannung und Ruhe, und es ist ihnen angenehmer, wenn das die Domäne der Mutter ist. Doch eben dadurch entstehen die Informationslücken, die zum bekannten Unverständnis und zu unglücklichen Vorwürfen führen. In diesem Zusammenhang wäre die Wahl des richtigen Zeitpunkts wichtig. Anstelle des Überfalls direkt nach der Begrüßung könnte die Zeit nach dem „Abtauen" gewählt werden für das wichtige Gespräch. Der Vater, der informiert ist darüber, was sich abspielt in der Sphäre zu Hause mit den Kindern, kann sich einfühlen und verstehen, kann indirekt mitleben, und das vermindert Angriffe und Reibereien.

## Geld

Geld hat mit Macht zu tun, ob wir das nun wollen oder nicht. Wer über Geld verfügt, der verfügt über Kontrolle, wer Geld heranschafft, auch. Bei Konflikten um die Verteilung des Geldes und Ausgaben geht es daher meistens um Macht und Unterwerfung. Wenn eine Frau nicht berufstätig ist, sondern als sogenannte Familienfrau der Kinder wegen zu Hause ist (und dort arbeitet) und kein Geld verdient, dann ist sie abhängig vom Geld des Mannes, und das ist eine undankbare Rolle. Es gibt immer noch eine Menge Männer, die es ihre Frau spüren lassen, daß sie das Geld von ihm bekommt. Die kleinen Machtrituale, die auf diese Weise stattfinden, sind äußerst destruktiv und demütigen die betroffene Frau. Ein gemeinsames Konto und das Bewußtsein auf beiden Seiten, daß sie zum Familienunterhalt ebenso beiträgt wie er, sind die Basis dafür, daß ein Oben-Unten-Verhältnis vermieden wird. In erster Linie muß sie sich ihres Wertes bewußt sein, was gar nicht immer der Fall ist. Wenn sie sich insgeheim minderwertig fühlt, weil sie kein eigenes Geld verdient, dann ist es nicht erstaunlich, wenn er das für sich nutzt und sie darin bestätigt.

Männer, die ihre Frauen nicht als ebenbürtige Partnerinnen wertschätzen, wenn sie unbezahlte Arbeit leisten, sondern zu ihren Haushälterinnen degradieren, produzieren ein Machtverhältnis mit dem wiederkehrenden Ritualmuster „Ich bin der Chef – denn ich verdiene das Geld".

Mit dieser Prämisse ist die Frau nicht gleichberechtigt, was die Verfügung über das Geld und die Bestimmung der Ausgaben angeht. Dadurch ist eine Menge an ständigem Konfliktstoff gegeben. Er wird erst ausgeräumt, wenn anerkannt wird, daß auch die nicht verdienende Frau Arbeit leistet und zum Familienunterhalt gleichwertig beiträgt. Ein Ritual zur Lösung dieses Konflikts könnte eine Erklärung des Mannes sein, daß er die Arbeit der Frau wertschätzt und als gleichwertig anerkennt. Eine Verfügungsberechtigung über sein Gehaltskonto gehört zu diesem Ritual, und vielleicht eine besondere Mahlzeit, die sie als ihren Beitrag zubereitet hat.

Als wiederkehrendes, regelmäßiges Ritual gegen Uneinigkeit bei Geldausgaben ist die gemeinsame Bestimmung über die Verteilung des Einkommens am Monatsanfang. Dabei legen beide miteinander gleichberechtigt fest, wieviel für welche Bedürfnisse für jeden in jedem Monat zur Verfügung steht.

## *Freizeit*

Meistens sind es die Frauen, die sich darüber beklagen, daß ihr Mann kein Interesse (mehr) an einer richtigen Freizeitgestaltung hat. Er ist müde und will seine Ruhe, sie möchte etwas unternehmen. Oft hängt das mit der Arbeitsstruktur zusammen. Er ist beruflich gefordert und tagsüber in der Rolle des Machers, und abends oder am Wochenende will er sich endlich ausruhen. Ihr fehlt dadurch eine wesentliche Gemeinsamkeit, sie ist frustriert und zunehmend verärgert.

*Fast jeden Samstagvormittag spielt sich bei Klaus und Ines, einem kinderlosen Paar, beim Frühstück das gleiche ab. Sie fragt ihn: „Was machen wir heute?" und er antwortet: „Ach, warte doch erst mal ab, laß uns erst mal zu Hause bleiben und relaxen." Dann wird sie zu-*

*nehmend unruhig und verdrossen. Sie ahnt schon, es*
*wird wieder nichts. Am Nachmittag gehen sie sich aus*
*dem Weg, und er ist froh, daß sie offenbar aufgegeben*
*hat und ihn nicht mehr löchert. Er liest in seinen Fach-*
*zeitschriften, sie telefoniert mit ihrer Freundin und erle-*
*digt liegengebliebene Hausarbeiten oder setzt sich an*
*die Nähmaschine oder nimmt sich ein Buch. Die Stim-*
*mung ist katastrophal, die Spannung zwischen ihnen ist*
*deutlich spürbar.*

Eigentlich geht es in solch einem Fall um die Frage,
wie sich verschiedenartige Freizeitbedürfnisse in Ein-
klang bringen lassen. Ein konstruktives Ritual wäre der
„Wochenendkuchen" beim oder nach dem Samstagsfrühstück. Dabei malen beide einen Kreis, den sie in Segmente unterteilen, die ihre Wünsche ausdrücken. Es
geht um Zeit, die man miteinander verbringen möchte
und um das Bedürfnis nach Rückzug und getrennten Tä-
tigkeiten. Um Zeit mit Freunden, um Spaziergänge, um
kulturelle Wünsche usw. Ines hat offenbar ein größeres
Bedürfnis danach, mit Klaus etwas zusammen zu unternehmen. Während der Woche ist dafür kaum Zeit. Klaus
dagegen erlebt jede Planung als Verbindlichkeit, und davon hat er während seiner Arbeit genug. Er möchte am
liebsten nur spontan handeln. Ob er auch allein sein
will, müßte erst noch geklärt werden. Am Ende gibt es
eine schraffierte Kreisfläche, die die gemeinsame Zeit
beinhaltet, und die ist wieder unterteilt in Segmente,
was man zusammen tun möchte. Die anders schraffierte
Kreisfläche bedeutet die Zeit, die man ohne den Partner
für sich möchte, und wiederum, wie man sie füllen
möchte. Beide vergleichen ihre „Kuchen" und schauen,
welche Übereinstimmung es gibt und wie sie mit den
Diskrepanzen umgehen.

Das Samstagmorgenritual ist ein Einstieg ins Wochenende, bei dem die Bedürfnislagen beider zur Geltung kommen. Wenn eine Einigung schwer oder nicht möglich ist, dann müssen die Wochenden abwechselnd schwerpunktmäßig gestaltet werden. Dann gibt es zum Beispiel ein Ruhewochenende und ein Aktivitätswochenende im Wechsel.

## Sexualität

Sexuelle Konflikte sind bei Paaren spätestens nach ein paar Jahren nicht selten an der Tagesordnung. Die Harmonie der Anfangszeit ist gestört durch Alltagsstreß und nachlassende erotische Spannung, und besonders die Geburt von Kindern verändert fast immer das Liebesleben und kann Konflikte hervorrufen.

Zahllose Männer beklagen sich darüber, daß ihre Frau keine Lust mehr hat, seit sie Mutter ist. Und umgekehrt nimmt die Zahl der Frauen zu, die unter lustlosen Männern leiden. Häufig ist zu beobachten, daß Paare ihre eigenen Rituale entwickeln, um mit diesen Konflikten umzugehen.

Die Vermeidungsrituale reichen von Aktivismus (Hausarbeit oder sonstige Beschäftigung) über Gesundheitsstörungen bis zu chronischer Müdigkeit. Auf Dauer sind diese Rituale für die Partnerschaft lähmend und deprimierend. Sie führen in eine Sackgasse.

Ein alternatives, lösungsorientiertes Ritual wäre, zunächst offen über die Bedürfnisse zu sprechen. Zwar kennen und deuten beide Partner die jeweiligen Signale des andern, aber vielleicht nicht immer differenziert genug und richtig. So wünschen sich viele Frauen durchaus Zärtlichkeit, aber aus dem Bedenken heraus, daß er „mehr" will, verzichten bzw. verweigern sie sich ganz. Wüßte er hingegen, daß ihre Unlust nicht persönliche

Ablehnung bedeutet, dann müßte er nicht verletzt sein. Sie könnten sich in der Mitte treffen und beide zufrieden sein.

Anstatt ritualisierter Kopfschmerzen und Müdigkeit könnte sie sagen, daß sie heute keine Lust auf Sex hat, aber gern mit ihm kuscheln und schmusen möchte. Und wenn er vor dem Fernseher einschläft, dann mag ja tatsächlich Müdigkeit und Lustlosigkeit vorliegen. Entscheidend ist aber die Frage, ob sein Verhalten von ihr als persönliche Kränkung empfunden wird (ich bin ihm nicht mehr attraktiv genug), oder tatsächlich verstanden wird als sein persönliches Befinden. Wenn er ihr sagt, wonach ihm zumute ist und was er bräuchte, um wieder in Schwung zu kommen, kann sie sein Verhalten einordnen und muß es nicht als persönliche Abwertung nehmen.

## Streit- und Versöhnungsrituale

Gute Streitrituale sind für eine Partnerschaft wichtig, weil sie dem Streit einen Rahmen geben und ihn begrenzen. Die mögliche Katastrophe, in die unkontrollierte und uferlose Streitauseinandersetzungen münden können, führt uns der Film „Der Rosenkrieg" drastisch vor Augen.

Muß Streit sein? Manche Partnerschaften scheinen ohne Streit zu funktionicren. Doch das Bild des Friedens trügt häufig. In Wirklichkeit sind sich die beiden vielleicht gleichgültig, oder sie unterdrücken unerwünschte Gefühle und werden dabei krank. Durch Pseudoharmonie wird eine Beziehung aber nicht stabilisiert, sondern eher gefährdet.

Streit dient der Lösung von Spannungen und ist Ausdrucksmöglichkeit für Ärger, Wut, Enttäuschung – Gefühle, die in jeder Partnerschaft immer wieder auftreten und die ein Ventil brauchen.

„Streiten verbindet", sagt der Volksmund, oder „was sich liebt, das neckt sich", oder „die müssen sich noch zusammenraufen". Eine gute „Streitkultur" ist erforderlich, wo immer Menschen ernsthaft etwas miteinander zu tun haben, sei es in der Politik oder im Liebesleben. Von Kindern können wir einiges über Streitrituale erfahren. Sie haben ihre Sprache, Mimik und Gestik dafür. Ähnlich wie in der Tierwelt gibt es bei ihnen klare Regeln. Sie kennen die Unterwerfungsgesten und die Grenzen der Verletzung. Der Ablauf von verbaler Beleidigung über Raufen, die Feststellung von Sieger und Verlierer bis schließlich zur Versöhnung mit Handschlag sind klar geregelt.

Dagegen hat die Form von Gewaltausübung, die wir neuerdings von Großstadtgangs kennen, eine ganz andere Dimension. Wenn es im Streit um Klärung und Auseinandersetzung geht, geht es dort um Macht und Zerstörung.

Auf jeden Streit bei Kindern folgt normalerweise die Versöhnung. Ein Handschlag, ein Satz: „Sind wir wieder Freunde?", und es geht weiter. Alte Streitigkeiten werden selten aufgewärmt, etwas, was für Erwachsene leider nicht gilt. Sie greifen immer wieder auf alte Geschichten zurück und geben dem Streit damit eine Tiefe, durch die die Versöhnung erschwert wird.

Streitrituale beziehen sich auf Grenzen, Verletzbarkeit, Ort, Zeitpunkt und Dauer. Die Versöhnungsrituale sind eher paarspezifisch und nicht so am Streitthema orientiert. Für einige Paare spielt die Entschuldigung nach dem Streit eine Rolle, andere versöhnen sich im Bett, wieder andere haben eine Formel („Vertragen wir uns wieder?"), mit der sie den Streit beschließen.

## Gewalt und Streit

Streit hat mit Aggression zu tun, wörtlich übersetzt also damit, auf jemanden zuzugehen, sich auf jemanden zuzubewegen. Das ist etwas ganz anderes als Gewalt, Gewalt findet statt, wenn eine Überlegenheit benutzt wird, um jemanden klein zu machen, zu bedrohen, zu verängstigen. Gewalt hat mit Macht zu tun. Das kann sich auf dem körperlichen Sektor abspielen oder subtiler. Auch da, wo jemand bewußt abgewertet und benutzt wird und sich nicht wehren kann, findet Gewalt statt.

Gewaltbeziehungen unter Paaren bleiben meist im Verborgenen, denn die Unfähigkeit des Opfers, sich zu wehren, bezieht sich auch darauf, sich Hilfe zu holen. So werden blaue Flecken, die von Schlägen herrühren, aus Scham als Folgen eines Sturzes dargestellt.

Rituelle Gewalt in der Partnerschaft hat nichts mit einem Streitriual zu tun, sondern ist ein Zeichen für Zerstörtheit. Da geht es nicht um Streit als eine Möglichkeit, sich neu zu orientieren und die Beziehung zu „reinigen", sondern um Machtausübung und Erniedrigung.

## Partnerschaften ohne Streit

Wenn ein Paar nie streitet, dann scheint alles zu funktionieren und harmonisch zu sein. Nach außen hin für viele beneidenswert, aber eben meistens doch eine trügerische Fassade. Wo uns große Gefühle bewegen – und das ist in einer lebendigen Beziehung der Fall – da gibt es niemals nur schöne Gefühle, sondern immer auch die anderen: Angst vor Verlust und Aggressivität, unerfüllte Bedürfnisse und Forderungen, Enttäuschung, Wunsch nach Klärung und Absteckung von Grenzen. Dem anfänglichen Bedürfnis nach Verschmelzung folgt die Notwendigkeit der Individuation, und dieser Prozeß geht auch mit Streit einher. Wenn zwei nicht streiten, dann ist ihnen möglicherweise nichts mehr wichtig, was sie beide angeht. Nicht wichtig genug, um dafür zu streiten. Auch im Streit steckt Leidenschaft.

*Stefanie war dreiundzwanzig Jahre mit Bert verheiratet. Die Kinder waren inzwischen aus dem Haus, und sie hatte ihren Beruf wieder aufgenommen. Während der ersten Jahre ihrer Ehe hatten sie sich häufiger gestritten, aber die letzten fünf Jahre verliefen ruhig. Wenn sie sie genauer betrachtete, vielleicht auch ein bißchen öde oder fad, jedenfalls ohne Aufregung und ohne Höhepunkte. Eines Tages eröffnete ihr Bert beim Abendessen – so, als ob er ihr vom Betriebsausflug erzählen würde – daß er sich von ihr trennen und zu einer andern Frau ziehen wollte. Stefanie war wie vom Blitz erschlagen. Sie erfuhr, daß Bert seit Jahren ein Verhältnis mit seiner Sekretärin hatte, und sie hatte offenbar nichts gemerkt. Oder nicht merken wollen?*
*Für sie brach eine Welt zusammen. Als sie das Unglaubliche begriffen hatte, kämpfte sie, heulte, bettelte, argumentierte, aber sie stand auf verlorenem Posten.*
*Beim schmerzhaften Rückblick auf die vergangenen Jahre stellte sie fest, daß die Ruhe in ihrer Ehe eher etwas von einer Grabesstille gehabt hatte, als daß sie auf Einstimmigkeit beruhte. Es hatte mit der Zeit einfach nichts mehr gegeben, was es wert gewesen wäre, darum zu streiten. Im Stillen hatten beide ihre Entscheidungen ohne den andern getroffen. Die scheinbare Harmonie war im Grunde Gleichgültigkeit und Entfremdung gewesen. Die Partnerschaft hatte sich still und unbemerkt erschöpft, sie hatten sich auseinandergelebt. Kein erlö-*

*sendes Versöhnungsritual konnte gefeiert werden, weil kein Streit vorausgegangen war.*

Im Streit findet Be-Gegnung statt, Konturen werden spürbar, Affekte werden entschärft. Er dient also in ritualisierter Form, das heißt in kontrollierter und berechenbarer Form, der Psychohygiene der Beziehung und trägt zur Lebendigkeit bei.

### *Angst vor Streit*

Manche Menschen haben Angst vor Streit, weil sie fürchten, er könnte etwas nicht Wiedergutzumachendes anrichten. Und das ist ja auch durchaus realistisch. Häufige, zerstörerische Streitauseinandersetzungen, die keine Versöhnung oder Klärung zur Folge haben, sondern zunehmende Vernichtung, können einer Beziehung das Genick brechen. Oft spielen einschlägige Erfahrungen aus der Kindheit eine Rolle, wenn jemand nicht streiten kann. Manchmal haben die Eltern sich zer-stritten, und das Kind damals erlebte Streit als Bedrohung der eigenen emotionalen Sicherheit und nimmt diese Erfahrung mit ins Erwachsenenleben.

Eine Streithemmung kann für eine Partnerschaft zum Problem werden. Wie werden Spannungen abreagiert und Meinungsverschiedenheiten ausgetragen, wenn einer nicht mit sich streiten läßt? Wenn der andere immer mit seiner Wut ins Leere läuft, kann sich eine verhängnisvolle Entwicklung anbahnen.

*Nathalie kommt aus einem Elternhaus, in dem sehr viel gestritten wurde. Die Eltern kamen nicht gut miteinander aus und ließen sich schließlich scheiden als Nathalie dreizehn war. Sie hatte unter den Kämpfen der Eltern sehr gelitten. Als sie mit siebenundzwanzig Markus hei-*

84

*ratete, war sie fest entschlossen, eine ganz andere Ehe als ihre Eltern zu führen. Streit sollte nicht vorkommen. Also schluckte sie es hinunter, wenn sie sich über Markus ärgerte. Sie spürte kaum, wenn sie wütend auf ihn war. Noch viel weniger traute sie sich, ihn anzugreifen. Lieber suchte sie nach Rechtfertigungen für sein Verhalten und entdeckte die Schuld bei sich. Das funktionierte lange Zeit ganz gut. Sie war überzeugt, daß sie jeden Streit verhindern konnte, wenn sie nur friedlich und verständnisvoll genug wäre. Doch Markus erlebte ihre „Friedfertigkeit" mehr und mehr als inneren Rückzug und fühlte sich „im Regen stehengelassen". Er spürte sie gar nicht mehr, denn in ihrer Nachgiebigkeit war Nathalie nicht an-greifbar, sondern entzog sich jeder Auseinandersetzung. Er wußte nicht, was in ihr vorging, und das irritierte ihn. Eines Abends, als er von der Arbeit nach Hause gekommen war, lief das Faß über. Er hatte einen schwierigen Tag im Betrieb gehabt, war schlecht gelaunt und unzufrieden, und er brauchte ein Ventil für seinen angestauten Ärger. Als er über die ganz normale Unordnung in der Wohnung schimpfte, reagierte Nathalie wie gewohnt ruhig, verständnisvoll und sanft. Das machte ihn erst recht wütend. Er tobte und hatte plötzlich drohend das Brotmesser in der Hand, das auf dem Tisch gelegen hatte. Jetzt geriet Nathalie in Panik und rannte aus der Wohnung. Sie hatte buchstäblich Angst um ihr Leben. Sie lief kopflos durchs Wohnviertel. Nach drei Stunden wagte sie sich nach Hause. „Ich wußte nicht, wie es weitergehen sollte. Nichts war mehr wie vorher. Ich hatte vor meinem eigenen Mann Angst", erinnert sie sich. Sie fand Markus völlig verstört vor. Auch für ihn war der Vorfall erschreckend gewesen. Beiden wurde bewußt, daß sie dringend lernen mußten, richtig zu streiten.*

Bisher hatten sie kein Streitritual, das ihren Streit gelenkt und kontrolliert hätte, weil es Streit bei ihnen gar nicht geben durfte. Stattdessen drückte Nathalie ihren Ärger über Markus in Form von depressiven Verstimmungen aus.

Beide mußten lernen, konstruktiv mit Streitpotential umzugehen. Regeln wurden aufgestellt: Um eine Verschiebung der Gefühle zu verhindern, sollte Markus seinen Frust aus dem Beruf zu Hause gleich benennen („Ich bin heute stinksauer, weil ..."). Damit konnten beide seinen Ärger richtig zuordnen, und er wurde nicht unversehens auf das Privatleben verschoben. Es wurde wöchentlich eine Streitsitzung einberufen. Dabei setzten sie sich gegenüber und brachten zur Sprache, was an „Negativgefühlen" angefallen war. Jeder Satz begann mit „Ich bin/war wütend auf dich, weil ..." oder „Ich habe mich aufgeregt über ..." und ähnliche Ich-Botschaften. Auch Nathalie, die so gern beschwichtigte und entschuldigte, mußte mindestens drei Punkte vorbringen. So lernte sie, allmählich auf ihre negativen Gefühle zu achten und ihnen Raum zu geben und machte dabei die Erfahrung, daß kein tödlicher Streit ausbrach, sondern allenfalls ein reinigendes Gewitter, das sie beide unbeschadet überlebten.

Nach ihrem gefährlichen großen Streit vollzogen sie ein besonderes Versöhnungsritual. Sie begruben symbolhaft das Messer im Garten (ähnlich wie die Indianer ihr Kriegsbeil!) und stellten an die Stelle zwei gegenüberstehende Stühle als Sinnbild für Auseinander-setzung und Gegenüber-stellung. Dazu pflanzten sie einen Lebensbaum.

## Seelische Verletzungen und Grenzen

Weil Paare sich und ihre Schwächen sehr gut kennen, können sie einander wie niemand sonst verletzen. Für Streitrituale sind solche „Achillesfersen" als Sperrgebiete klar abzustecken, weil sonst die Intimität der Liebe zum Risiko werden kann. Durch Beschämung und tiefe Verletzungen kann das Vertrauen als Basis der Beziehung bedroht werden, und damit gerät der Streit leicht zum Zerstörungskrieg. Ein Streit sollte so geführt werden, daß man sich keine Rüstung zulegen muß. Beide sollten wissen, daß es keine Angriffe „unterhalb der Gürtellinie" gibt. Diese Grenzen sind bei jedem Paar unterschiedlich, entsprechend der individuellen Schwächen und Verletzbarkeit.

Eine Regel beim Streiten ist, daß der Ausdruck der eigenen Gefühle erlaubt ist, aber nicht die gezielte Verletzung der Gefühle des Gegenübers. Das ist zwar häufig eine Begleiterscheinung, darf aber nicht bezweckt werden.

*Vera und Fabricio stritten sich häufig ums Geld. Lange Zeit liefen diese Auseinandersetzungen ritualisiert so ab: es begann damit, daß sie einen Wunsch äußerte, beispielsweise ein neues Sofa, und er lehnte ab, weil das Geld fehlte. Der nächste Schritt war, daß Vera ihm vorwarf, nicht genug zu verdienen. Daraufhin sagte er, sie hätte einen reicheren Mann heiraten sollen, zum Beispiel den gutverdienenden Mann ihrer Schwester. Eine wütende Bestätigung von Vera beendete den Streit, und sie sprachen den ganzen Abend nichts mehr miteinander. Mit einem „Es tut mir leid" bot sie am nächsten Morgen dann gewöhnlich die Versöhnung an, ohne daß nochmals auf das Thema eingegangen wurde.*
Bei diesem Paar ist der Vorwurf von Geldmangel

gleichzeitig ein Angriff auf seinen Selbstwert und eine Beleidigung. Ein alternatives, konstruktives Ritual hätte folgenden Ablauf: Sie äußert einen Wunsch, den er aus Geldmangel ablehnt. Daraufhin äußern sie beide ihre Gefühle, nämlich Enttäuschung und Ärger, die Empfindung von Unzulänglichkeit und Abwertung. Dann kann ein Streitgespräch entstehen: Warum haben sie dafür kein Geld? Wofür geben sie es aus? Wie ist es verteilt? Wer kommt zu kurz? Wer bestimmt über die Ausgaben? Wie können die Geldausgaben gerechter verteilt werden?

Auch bei diesem Ablauf werden Gefühle geäußert, aber dabei werden die Gefühle des Gegenübers nicht absichtlich verletzt.

*Bei Freda ist der Vergleich mit ihrer Mutter die schwache Stelle. Wenn sie mit ihrem Mann streitet, und er zu ihr sagt: „Jetzt bist du genau wie deine Mutter", dann hat er sie getroffen.*

*Freda lehnt ihre Mutter ab, sie verachtet sie, und ihrem Mann geht es ähnlich. Auch er kann seine Schwiegermutter nicht leiden. Daher kommt dieser Vergleich einer massiven persönlichen Abwertung Fredas gleich. Sie fühlt sich beschämt und niedergemacht.*

*Mag sein, daß Freda von ihrem Mann in manchen Situationen tatsächlich wahrgenommen wird wie die Schwiegermutter. Dann ist es fair, das direkt zu benennen („es macht mich wütend, wie du mich wieder vorwurfsvoll schweigend anschaust", oder vielleicht in einem andern Fall: „Deine keifende Stimme ist zum Davonlaufen").*

Absichtliche Verletzungen mit „tödlichen Waffen" beeinträchtigen das Vertrauen in die Beziehung und können mit der Zeit zum emotionalen Rückzug als

Selbstschutz führen. Dann ist es sicherer, sich zu verstecken, als sich offen zu zeigen. Auf diese Weise entsteht allmählich Entfremdung zwischen dem Paar. Wenn dagegen beide sicher sein können, daß bestimmte Themen im Streit tabu sind, dann können sie sich aufeinander einlassen und wissen, daß die eigene Offenheit vom andern nicht als Waffe benutzt wird.

## Grenzen von Aggressivität und Tabuzonen

Die Toleranzgrenzen von Aggressivität unter Partnern sind sehr unterschiedlich. Manch einer oder eine fühlt sich bereits eingeschüchtert, wenn der Partner oder die Partnerin laut wird und schreit. Jemand anderes wird erst aufmerksam, wenn Geschirr durchs Zimmer fliegt, und er sich vor Wurfgeschossen in Sicherheit bringen muß.

Zu einem guten Streitritual gehört, daß die jeweiligen Schutzgrenzen des andern respektiert werden, weil sonst ein Streit schnell in Gewalt ausarten kann.

*Tanja ist dazu übergegangen, Plastiksachen zu werfen und nicht mehr auf ihren Freund zu zielen, nachdem sie ihn einmal mit dem Weinglas am Kopf verletzt hat. Sie donnert die unzerbrechlichen Gegenstände auf den Boden und reagiert so ihre Wut ab. Ihr Freund fühlt sich auf diese Weise nicht mehr bedroht, und wenn sie sich etwas beruhigt hat, reden sie miteinander über das, was Tanja so aufgebracht hat.*

Auch bei der Zerstörung von Gegenständen gibt es Grenzen. Jede und jeder hat einige Dinge, an denen das Herz hängt. Sei es die Porzellanvase von der Patentante, das gerahmte Foto der Urgroßmutter oder der Lehnstuhl vom Vater. Sie sind bei Wutausbrüchen tabu. Darüber müssen sich Paare, die so ausdrucksvoll streiten, rechtzeitig verständigen. Sie sollten sich einen Vorrat von zerstörbarem Material anlegen, so wie Volker und Lisa, die einen „Wutschrank" haben. Darin wird alles deponiert, was sie gern los wären: die kitschige Vase von Tante Paula, der schreckliche Gewinn von der Tombola des Musikvereins, und auch die Tasse mit dem Sprung findet so noch eine sinnvolle Verwendung.

Das Streitritual von Volker und Lisa beginnt mit der Öffnung des Wutschranks. Das Versöhnungsritual besteht aus gemeinsamem Aufräumen und der Beseitigung aller Spuren, nachdem sie sich ausgetobt haben.

Auf manche mögen derart heftig ausgelebte Streitigkeiten beängstigend wirken. Doch warum sollten zu einer leidenschaftlichen Liebe nicht auch leidenschaftliche Streitszenen gehören – wenn sie rituell geregelt sind?

## Körperliche Angriffe

Körperliche Aggression ist nicht zwangsläufig identisch mit Gewalt. Wenn sie ausdrücklich von beiden Seiten akzeptiert und ausgeübt wird, kontrolliert ist und klare Grenzen hat, dann kann sie zum Streitritual dazugehören. Entscheidend ist, daß niemandem wirklich weh getan wird.

*Wenn Viola und Peter streiten, dann haben sie meistens Körperkontakt. Das heißt, sie fassen sich fest an, boxen ein bißchen und schubsen sich, sind laut. „Geh weg, ich will dich nicht mehr sehen", sagt zum Beispiel Viola und schiebt Peter heftig weg von sich. „Was willst du denn überhaupt", entgegnet er und hält sie an den Armen fest. Es gibt ein Gerangel, ähnlich dem bei streitenden Buben. Sie tun sich nicht wirklich weh, aber sie lassen einander etwas spüren. Keiner von beiden hat*

90

*Angst oder fühlt sich unterlegen oder hilflos. sie haben*
*beide die Kontrolle über ihre An-Griffe. Ein „Au" ist*
*das Signal für das Aufhören. Dem handfesten Streiten*
*entspricht bei ihnen die herzliche Umarmung bei der*
*Versöhnung.*

Gerade bei „Kopfmenschen" können solche spieleri-
schen kontrollierten körperlichen An-Griffe innerhalb
von Streitritualen ein nützliches Mittel der Auseinandersetzung sein. Der Kontakt ist spürbar gewahrt, beide
verlieren sich nicht in der Distanz, sondern bleiben
hautnah. So herrscht Nähe im Streiten. Im Körperkontakt drücken sich die Gefühle direkt und spielerisch aus
– natürlich vorausgesetzt, das Kräftegleichgewicht ist in
etwa gewahrt, das Verhalten ist unter Kontrolle, und
beide wollen es gleichermaßen.

## Publikum

Die meisten Paare wollen keine Zuschauer, wenn sie
sich streiten. Streit gehört in die Intimsphäre. Bei vielen
gibt es die Regel „Nicht vor den Kindern". Dahinter
steht der Gedanke, daß es Kindern angst macht, wenn
die Eltern sich streiten. Man weiß das aus eigener Erfahrung. Doch Kinder spüren auch äußerst sensibel die
Spannungen, die in der Luft liegen, wenn Streit vermieden wird, und ihre Verunsicherung dadurch ist nicht unbedingt die bessere Alternative.

Selbstverständlich müssen Kinder vor elterlichem
Streit insofern geschützt werden, als sie keinesfalls als
Bündnispartner mißbraucht werden dürfen. Zu Zeugen
können sie werden (sie kriegen es sowieso mit), aber
nicht zu Teilnehmern. Wenn die Eltern gute Streitrituale haben, können sie die Erfahrung machen, daß im
Streit Spannungen abgebaut werden, daß er überschau-

bar und eingegrenzt ist und ein klares Ende hat. Die Beobachtung, daß durch Streiten nicht die Beziehung kaputt geht, sondern etwas bereinigt wird, ist für das spätere Streitverhalten hilfreich.

Normalerweise streiten Paare, wenn sie unter sich sind, und die Hemmschwellen sind erhöht, wenn sie mit anderen Menschen zusammen sind. Sie beherrschen sich, bis sie zu Hause sind.

Es gibt aber auch einige Paare, die sich überwiegend dann streiten, wenn sie mit anderen zusammen sind. Sie brauchen gewissermaßen das Publikum als Schiedsrichter oder Bündnispartner. Streit gehört bei ihnen nicht in die Intimsphäre, sondern vor ein Forum. Die Gefahr hierbei ist, daß wirklich Fronten aufgebaut werden und eine Schlacht entsteht. Die Stigmatisierung des Paares liegt nahe: Das sind die, die sich immer streiten. Den meisten Menschen ist es peinlich, wenn sie zu Zeugen eines Streits zwischen einem Paar gemacht werden.

Wenn zwei regelmäßig öffentlich streiten, dann stellt sich die Frage, warum sie Publikum brauchen. Vielleicht weichen sie zu Hause bestimmten Themen, eben Streitthemen aus? Vielleicht landen sie immer wieder in einer Sackgasse und finden allein keine Lösung? Vielleicht wollen sie den Partner überzeugen durch eine Meinungsmehrheit? Oder ihn niedermachen mit einer Verstärkung im Rücken?

Paare sollten sich einig sein darüber, ob „Öffentlichkeit zugelassen ist" oder nicht, wenn sie sich streiten. Wichtig ist, daß niemand das Gesicht verliert. Sonst ist aus einem klärenden Streit ein Machtkampf geworden, und eine Demütigung macht die Versöhnung unendlich schwer.

## Streitorte

Bestimmte Orte müssen vom Streiten „clean" gehalten werden. Dazu gehört das gemeinsame Schlafzimmer und das Auto (wegen der Ablenkungsgefahr) und solche Plätze, die mit glücklichen Beziehungserinnerungen verbunden sind.

Das Schlafzimmer sollte ein Ort des Friedens sein, der emotionalen Zuwendung, der Liebe. Dort soll man sich sicher fühlen und aufgehoben. Im Schlafzimmer können Paare sich gut versöhnen, aber sie sollten es zum Streiten verlassen.

*Christa und Leonard gehen zum Streiten in der „Wildnis" spazieren. Da können sie sich richtig anschreien und gestikulieren, ohne daß jemand zuhört oder zuschaut. Sie können ihr Tempo dem Streit anpassen, sie können den Abstand zueinander stimmig bemessen, können sich schubsen, boxen, sich jagen und in Bewegung sein. Sie reagieren sich ab und sagen einander deutlich die Meinung. Manchmal gehen sie getrennt nach Hause, wenn sie sich nicht einigen können. Manchmal aber auch Arm in Arm.*

Beim Streiten ist es gut, viel Raum für Bewegungsfreiheit zu haben. Platzmangel kann leicht das Gefühl auslösen, buchstäblich in die Enge getrieben zu sein, und das kann zu überschießenden Reaktionen führen.


## Zeitpunkt und Dauer

Es gibt äußerst ungeschickte Zeitpunkte für einen Streit. So zum Beispiel abends kurz vor dem Schlafengehen oder morgens bevor man zur Arbeit geht. In diesen Momenten kann ein Streit nicht ausgetragen werden, bis er erledigt ist, sondern muß vertagt oder verschoben werden. Das Gefühl, etwas nicht erledigt und in Ordnung gebracht zu haben, noch etwas Schwieriges vor sich zu haben, ist belastend. Wir kennen das ungute Befinden, wenn Gefühle aufgewühlt sind und wir sie nicht abreagieren oder klären können. Für einen Streit sollte man genügend Zeit haben, um ihn zu beenden und auszuräumen.

Ein gutes Streitritual beinhaltet die Entschärfung von Affekten, und am Ende fühlen sich beide erleichtert. Es hat einen Anfang zum günstigen Zeitpunkt („Ich muß noch etwas loswerden ..." oder „Da ist noch etwas, was ich dir sagen muß ...") und ein Ende, wenn die Atmosphäre geklärt ist („Alles wieder in Ordnung?" oder „Sollen wir zusammen etwas kochen?" oder „Laß uns ins Kino gehen!").

Manche Paare haben eine symbolische Handlung, um das Streitende und die Versöhnung zu signalisieren. So weiß Max, daß für seine Freundin der Streit dann beendet ist, wenn sie auf ihn zugeht. Und für sie ist sein Lächeln und das Ausbreiten der Arme das Zeichen, daß er mit ihr einig ist.

## Liebesrituale

Die meisten Menschen verbinden mit Liebe Sexualität, Interesse füreinander, Fürsorglichkeit, Vertrauen, Achtung, Gemeinsamkeit. Was davon für uns besonders wesentlich ist, hängt von verschiedenen Faktoren ab. Je nachdem in welcher Familie wir aufgewachsen sind, was wir vermißt haben, was uns behindert hat, was uns abverlangt wurde, womit wir erfolgreich waren, haben wir (Über-)Lebensstrategien entwickelt, Werte und Bedürfnisse, die in der Liebesbeziehung eine Rolle spielen.

So wählen sich Frauen, für die der Vater ein ungelöstes „Thema" ist, häufig ältere Männer als Liebespartner, mit denen sie dann ihre besonderen Liebesrituale entwikkeln. Bei ihnen wird seine Fürsorglichkeit und Dominanz zusammen mit ihrem Anpassungswunsch eine starke Rolle spielen. Anders ein Paar, das eher ein kameradschaftliches Verhältnis wie Bruder und Schwester zueinander hat: bei ihnen tritt Sexualität in ihrer Bedeutung zurück, und Rituale der Verläßlichkeit werden wichtig. Bei symbiotischen Paarbeziehungen nehmen wiederum Rituale der Zusammengehörigkeit viel Raum ein.

In den meisten Partnerschaften sind jedoch alle diese Aspekte mehr oder weniger ausgeprägt enthalten und einzelne davon schwerpunktmäßig vorzufinden.

Fürsorglichkeit, Achtung, gemeinsame Interessenvielfalt und Sexualität sind aber nicht nur individuell unterschiedlich gewichtet, sondern auch im zeitlichen Verlauf einer Partnerschaft. Bei der ersten Begegnung und zu Beginn einer Beziehung ist die gegenseitige sexuelle Anziehung ein sehr dominantes Merkmal, und Sexualität spielt eine größere Rolle als in den späteren Jahren. Im Verlauf des Zusammenlebens nehmen dann Zuverlässigkeit, Fürsorglichkeit, Achtung und gemeinsame Interessen an Bedeutung zu. Vielfach kommt es zu Partnerschaftskonflikten dadurch, daß die Gewichtung oder der Prozeß der Verlagerung nicht übereinstimmend abläuft: für einen der beiden – oft für die Frau, nachdem sie Mutter geworden ist – tritt die Sexualität früher in den Hintergrund, und der andere leidet darunter.

Über Verliebtheit, Liebe und Gründe für das Scheitern von Liebesbeziehungen ist schon viel geschrieben worden. Einstimmig herrscht wohl unter „Fachleuten" die

Meinung, daß es die Liebe als Zustand gar nicht gibt, sondern nur das Lieben als Prozeß, der uns Achtsamkeit abfordert und aus Geben und Nehmen und viel sogenannter „Beziehungsarbeit" besteht.

## Werberituale

Noch vor der eigentlichen Partnerschaft spielen Werberituale eine große Rolle. Dazu gehören Geschenke, Einladungen, Aufmerksamkeit, Höflichkeit. Vor der Emanzipationsbewegung waren diese Aktivitäten klar gegliedert: er beschenkte sie, er half ihr in den Mantel und hielt ihr die Tür auf, er trug die schwere Tasche und bezahlte die Rechnung im Restaurant und die Kinokarten. Sie dagegen machte sich für ihn schön, um auf sich aufmerksam zu machen und verführerisch zu wirken. Sie orientierte sich an ihm, erkundete seine Vorlieben und seinen Geschmack, um ihm zu gefallen, nach Art eines Subjekt-Objekt-Verhältnisses. Die Bilder der kommerziellen Werbebranche zeigen es überdeutlich, um was es geht: Frau braucht Mann und muß einiges dafür tun, um begehrenswert und attraktiv zu sein.

In den letzten dreißig Jahren fand nun ein starker Wandel in den westlichen Kulturen statt. Heute beteiligt sich die Mehrheit der Frauen aktiv bei der Werbung um den Partner. Frauen wollen nicht mehr passiv und nur Objekt sein, sie lassen sich nicht mehr nur erwählen und warten, bis einer auf sie aufmerksam wird, sondern sie haben ihre eigenen Ansprüche. Viele gehen aktiv auf Männer zu und zeigen ihr Interesse deutlich. Sie zahlen ihre Kinokarten selber, weil das traditionelle Tauschgeschäft Sex gegen Kino oder Essen nur noch selten praktiziert wird. Sex ist nicht mehr etwas, was sie ihm gewährt, sondern sie genießt ihn selbst.

Viele lehnen es ab, daß er ihr in den Mantel hineinhilft oder die Tür aufhält. Andere wiederum nehmen diese Form der Höflichkeit durchaus gern an und fühlen sich dabei nicht in eine lästige Rolle gezwängt.

*Sabrina, eine fünfzigjährige Studienrätin, erzählt lächelnd, wie sie sich vor einigen Jahren in einen Mann verliebt hat und sich nicht traute, ihm das zu zeigen. Sie lebten im selben Haus und begegneten sich häufig, aber es kam nie zu einem näheren Kennenlernen. „Heute ist das für junge Frauen kein Problem", sinniert Sabrina. „Sie warten längst nicht mehr, bis er sie bemerkt und sich für sie interessiert. Sie sprechen ihn einfach selber an. Manchmal wünschte ich, ich hätte mir damals auch etwas einfallen lassen. Aber so viel Mut habe ich nicht gehabt, daran hinderte mich meine Erziehung."*

„Hat" man sich erst, dann haben die Werberituale ihren Zweck erfüllt, und nicht selten sehnen sich viele bald nach der Zeit zurück, als er sich noch so um sie bemüht hat oder sie sich noch nicht gehen ließ.

Was traditionellerweise besonders Frauen am offenen und gezielten Werben hindert, ist häufig die Angst vor möglicher Ablehnung und Zurückweisung. Nur wenige verfügen über einen so stabilen und von männlicher Einschätzung unabhängigen Selbstwert. Da Männer eher zur Risikofreude erzogen worden sind, ist ihnen solches Wagnis geläufiger. Frauen dagegen definieren sich nach wie vor in der Mehrzahl stärker über Männer als umgekehrt, und so müssen sie erst noch lernen, das Risiko der Abweisung in Kauf zu nehmen, ohne an Selbstachtung zu verlieren. Ein Mann erklärt eine Frau, die ihn abgewiesen hat, eher zur „blöden Schnepfe", anstatt sich selbst in Frage zu stellen, während eine Frau im vergleichbaren Fall an sich selbst zweifelt und sich selbst abwertet. Sicher gibt es da Ausnahmen, aber in der Mehrheit sind die Verhältnisse eben so.

Vielleicht sollten Frauen noch mehr ihre ganz eigenen Werberituale entwickeln, um wirklich einen Zugewinn an Freiheit zu haben. Lange Zeit waren sie beschränkt darauf, sich schön zu machen, einem Schönheitsideal zu entsprechen, das von Männern errichtet wurde (und mit dem Männer reich werden, sei es in der Kosmetikindustrie oder in der Textilindustrie). Dann fingen sie an, männliche Werberituale zu imitieren, Männer anzusprechen, sie „aufzureißen", vielleicht oft ohne zu hinterfragen, was sie selbst wollten. Emanzipation hat viel mit gleichen Rechten zu tun, aber auch mit dem Mut, zur Besonderheit und Eigenheit zu stehen und den Raum dafür einzufordern.

Es ist für Frauen gar nicht so selbstverständlich, daß sie wissen, welches ihre Bedürfnisse sind und spüren, was sie wirklich wollen. Wenn sie dies herausfinden und ihre Werberituale daran orientieren, könnte das eine echte Bereicherung sein.

## Rituale in der Verliebtheitsphase

Manche erklären die Zeit der Verliebtheit als psychotischen Ausnahmezustand, als eine Verfassung, die im Grund weit entfernt ist von Realitätsorientierung. Wie dem auch sei – ohne die Idealisierung des Partners und der Partnerin in der Verliebtheit entstünden vielleicht überhaupt keine Paarbeziehungen mehr.

Zu den Liebesritualen während der Verliebtheitsphase gehören Zärtlichkeiten, Koseworte, die Sprache, bis hin zu einer Privatsprache, die nur von den beiden verstanden wird. Diese Rituale sind normalerweise personengebunden, bestimmte Koseworte werden nicht unabhängig von der Person verwendet, sondern sehr individuell. Dadurch haben sie einen wichtigen Stellenwert in der Beziehung und können heilsam sein, weil sie gewissermaßen ein Code sind für Zuwendung und Liebe. Fast jeder kennt seit der Kindheit die Signalwirkung des Namens, mit dem wir angesprochen werden. Werden wir mit dem Kosenamen angesprochen, dann reagieren wir anders als wenn wir unseren offiziellen Namen hören. So entwickelt jedes Paar ein individuelles Ritualgefüge, das sich an den ersten Begegnungen orientiert und vom Kosenamen über Zärtlichkeiten bis hin zu Abschieds- und Begrüßungsritualen reicht.

*Bei Thorsten und Lara nahmen zu Beginn der Beziehung ihre Ausfahrten mit dem Motorrad einen rituellen Stellenwert ein. Es war Sommer, und sie trafen sich fast jeden Abend zu einem Ausflug. Er holte sie ab, immer gegen zwanzig Uhr. Dieses Vorhaben hatte unbedingte Priorität vor allem anderen. Es stand für „die Zeit für uns beide" und darüberhinaus für „Freiheit und Abenteuer". Jedesmal nahmen sie eine Flasche Wein mit, die sie irgendwo im Grünen genossen. Wenn sie fuhren, lenkte er, sie schmiegte sich auf dem Sozius an ihn und genoß es, sich ihm anzuvertrauen. Beschlossen wurde das Ritual immer mit einem Kuß nach der Rückkehr. Für spätere Krisenzeiten bekam dieses Ausflugsritual eine besondere Bedeutung. „Einmal hatten wir eine schlimme Phase, wo wir uns entfremdet hatten und über Monate hinweg alles irgendwie langweilig und öde war. Mir fiel dann zufällig unser altes Fotoalbum in die Hände, und als ich darin blätterte, sah ich diese Fotos aus der Zeit, als wir verliebt und glücklich waren. Zwar konnten wir nicht einfach wieder aufs Motorrad steigen und so tun, als wären wir fünfundzwanzig, aber trotz-*

*dem hat die Erinnerung an damals etwas bewirkt. Wir haben dann ein besonderes Ritual daraus gemacht: Wenn wir Probleme miteinander haben, legt einer von uns das Album raus. Der andere weiß dann, daß es Zeit für ein klärendes Gespräch ist.*"

Die Anknüpfung an die Zeit der Verliebtheit und ihre spezifischen rituellen Gewohnheiten kann später Festgefahrenes wieder in Bewegung bringen und beleben. Auf diese Weise sind die ursprünglich spontanen Rituale am Beginn einer Partnerschaft auch wichtige Ressourcen, auf die in Krisenzeiten zurückgegriffen werden kann. Seien es die Gedichte, die man füreinander geschrieben hat, oder die frühere Gewohnheit, sich vorzulesen.

## Notwendigkeit des Wandels der Ritualformen

In der Verliebtheitsphase ist die Sehnsucht nach Verschmelzung, nach inniger Verbundenheit ganz natürlich. Darum sind entsprechende Rituale am Anfang von Partnerschaften auch völlig normal. Sie werden gebraucht, um dem Kennenlernen einen Rahmen und der Partnerschaft eine Gestalt zu geben.

Der Partner und die Partnerin werden zum Zentrum des Lebens, aber das können sie nicht bleiben. Zunächst wird der persönliche Freundeskreis vernachlässigt, die gesamte Freizeit wird dem neuen Partner oder der neuen Partnerin gewidmet, und sowohl berufliche oder schulische Leistungsfähigkeit als auch Konzentrationsvermögen (auf etwas anderes als das Liebesobjekt) sind in der Regel stark beeinträchtigt.

Fast jede Frau sagt auf der Stelle die lange vorher vereinbarte Verabredung mit der Freundin ab, wenn sich ganz überraschend der Partner anmeldet. Umgekehrt ist es übrigens längst nicht so häufig, daß der Mann eine geplante Unternehmung zugunsten der neuen Partnerin so einfach kippen läßt.

Im Normalfall löst sich die enge Fixierung aufeinander mit der Zeit von selbst. (Beide kehren aus ihrem psychotischen Ausnahmezustand wieder auf den Boden der Realität zurück.) Sie orientieren sich wieder zunehmend nach außen und pflegen auch wieder Kontakte mit dem jeweiligen Freundeskreis. Das ist deshalb wichtig, weil andernfalls die Paarbeziehung überfrachtet würde mit der Vielfalt von sozialen Bedürfnissen und damit fraglos überfordert wäre. Der Partner und die Partnerin müßten dann auch alle die Wünsche abdecken, die normalerweise an Freund und Freundin, Verwandte, Kollegen adressiert sind.

Andererseits kennen wir auch solche Paare, die niemals getrennt auftreten, sondern alles zusammen machen. Sie gehen niemals einzeln zu einer Einladung, dann lieber gar nicht. Es gibt sie quasi nicht als Individuen, sondern nur als Paar. Sie haben sich von den Ritualen des Anfangs nicht gelöst und neue entwickelt, die der notwendigen Individuation Rechnung tragen. Sie bleiben sprichwörtlich ein Herz und eine Seele. Ihre täglichen Rituale betonen ihre Zusammengehörigkeit. So finden sich bei ihnen beispielsweise ritualisierte tägliche Telefonate, die besagen „ich denke an dich". Fällt es einmal aus, dann wird das möglicherweise schon als Bedrohung erlebt, als Liebesverlust. Doch wir wissen, daß ein Ritual dann seine Wirksamkeit verliert, wenn es zur leeren Gewohnheit oder zum Zwang geworden ist. Das Stabilisierende wird dann zum einengenden Korsett. Auch Liebesschwüre werden zu toten Formeln, wenn sie nur noch aus Gewohnheit rezitiert werden. Und wie absurd können Kosenamen klingen, wenn sie mechanisch und lieblos ausgesprochen sind.

Starre Rituale, die oft aus Angst vor Veränderung beibehalten werden, behindern die Weiterentwicklung der Beziehung und der beiden Partner. Wenn er glaubt, sie liebt ihn nicht mehr, weil sie ihm nicht mehr wie am Anfang morgens die Frühstückseier kocht, dann hat diese Handlung eine überwertige Bedeutung bekommen, die die Partnerschaft vielleicht irgendwann in eine Sackgasse führt.

*Als Anna-Marie und Johannes zusammenzogen, befanden sich beide noch im Studium. Sie konnten sich ihre Zeit relativ frei einteilen und sich weitgehend an ihren Bedürfnissen orientieren. Es gab einige ritualisierte Gewohnheiten bei ihnen: so frühstückten sie jeden Morgen zusammen, bevor sie zur Uni gingen, und abends suchten sie regelmäßig ihre Stammkneipe auf, um Freunde zu treffen. Mindestens einmal in der Woche gingen sie ins Kino. Als Johannes mit seinem Studium fertig war und einen Arbeitsplatz gefunden hatte, war für ihn ein geregelter Tagesablauf erforderlich. Er mußte früh aufstehen, so daß das gemeinsame gemütliche Frühstück ausfiel, und die abendlichen Ausgänge mußte er einschränken. „Wir bekamen immer öfter Streit", erinnert er sich. „Anna-Marie sah nicht ein, wieso sie nicht weiterhin ihre Tage so verbringen sollte wie bisher. Sie war ja noch Studentin und nicht so festgelegt wie ich. Aber mich wurmte es, wenn sie abends weg war, und ich morgens früh aufstehen mußte, als sie noch schlief. Wir sahen uns kaum noch. Ich wurde eifersüchtig auf ihre Studienkollegen."*

*Johannes und Anna-Marie mußten ihre ritualisierten Gewohnheiten ihrer neuen Lebensweise anpassen. Sie fanden einen Kompromiß: Die meisten Wochenenden und zwei Abende in der Woche verbrachten sie zusam-*

men, *entweder mit ihren Freunden wie früher oder im Kino oder auch einfach zu Hause. Im übrigen bestimmten sie ihren Tagesablauf weitgehend unabhängig voneinander.*

Übergänge in andere Lebensphasen und neue Lebenssituationen erfordern auch eine Anpassung der Rituale. Manche alten müssen aufgegeben werden und neue gefunden, damit keine Spannungen entstehen.

Auch wenn ein Paar ein Kind bekommt und zu Eltern wird, kann es nicht leben wie in den ersten Monaten der Beziehung. Die Verantwortung wächst, neue Rollen müssen gelebt werden, die Aufgaben neu verteilt werden. Die alten Rituale passen nicht mehr und sind nur noch in Ausnahmesituationen sinnvoll.

Vorbei die Zeit mit den abendlichen Motorradausflügen zu zweit, adieu ihr wunderbaren Sonntagmorgen im Bett. Die Leibesfrucht schreit und fordert Zuwendung.

Manche Partnerschaften scheitern daran, weil er diese alten gemeinsamen Rituale schlicht zu seinen ganz persönlichen macht und nicht verzichten will: Er fährt dann halt allein Motorrad, schließlich ist sie die Mutter, und das Kind braucht sie viel mehr als ihn.

Das Paar, das nicht mehr in der Verliebtheitsphase ist, sondern schon wieder auf dem Boden der Realität steht (und sich trotzdem liebt), braucht Rituale, die den neuen Gegebenheiten entsprechen. So können sie beispielsweise einen festen Abend in der Woche zu „ihrem Abend" machen, den sie unterschiedlich nutzen, aber immer für sich haben, und auf den sie sich verlassen können. Entscheidend ist, daß genügend Zeit zu zweit bleibt.

## Rituale der Anfangszeit wieder aufnehmen

So sinnvoll es ist, die Rituale der Anfangszeit den sich verändernden Lebensumständen anzupassen, so dürfen sie doch nicht in Vergessenheit geraten. Sie stehen symbolisch für eine schöne Zeit, für die Zeit, als sie noch Hoch-Zeit hatten.

Es gibt Phasen in der Beziehung, in denen es heilsam ist, sich ihrer wieder zu erinnern und auf sie zurückzugreifen. Gerade in den Zeiten, in denen das Zusammenleben schwierig ist und mühsam, in denen Auseinandersetzungen anstehen und Probleme bewältigt werden müssen, da helfen sie, sich zu erinnern, wie schön und erfüllend es am Anfang war, und damit Mut zu machen. Das, was möglicherweise allmählich im Alltag verschüttet und vergessen wurde, kann damit wieder in Erinnerung gerufen und erneut zugänglich gemacht werden.

So können Besuche am Ort der ersten Begegnung eine stabilisierende Wirkung haben. Sie sind gewissermaßen ein Weg zurück zum Anfang, eine Bejahung der Zusammengehörigkeit.

Eintönigkeit, Alltagsroutine, Pflichten können zum Gift für eine Beziehung werden und sie im Lauf der Jahre zum Scheitern bringen. Wenn solche Rituale überhand genommen haben, die der leichteren Alltagsbewältigung dienen, dann stellt die Besinnung auf die frühen Liebesrituale den notwendigen Ausgleich dar.

*Marlene und Sascha hatten eine Ehekrise im sechsten Jahr ihrer Partnerschaft. Marlene beklagte sich darüber, daß ihr Mann ihr gegenüber gleichgültig geworden sei, daß die Ehe langweilig und öd geworden sei, und es überhaupt keine Glanzpunkte im Leben mehr gäbe. Sie verglich mit dem Beginn ihrer Beziehung: „Früher* brachte er immer wieder Blumen oder Konzertkarten mit, oder er schlug vor, ins Kino zu gehen oder Freunde zu besuchen. Mit der Zeit schlief das total ein. Wenn er abends vom Dienst kommt, setzt er sich vor den Fernseher, redet nicht mit mir, und danach soll ich auch noch mit ihm schlafen. Wenn ich dazu dann überhaupt keine Lust habe, ist er beleidigt. Ich finde dieses Leben total frustrierend. Die Vorstellung, daß das noch Jahrzehnte so weitergehen soll, macht mich krank."

Wie üblich nahm Marlene als Frau den Mißstand viel früher wahr als ihr Mann. Wohl auch, weil sie viel mehr litt als er.

Sie erinnerte sich: „Früher verbrachten wir jeden Samstagmorgen im Bett, wir machten abwechselnd das Frühstück, frühstückten im Bett, liebten uns ausgiebig, und irgendwann mittags standen wir auf. Wir ließen uns weder durch das Telefon noch durch Türklingeln oder sonst was stören. Das war einfach eine wunderschöne Zeit."

Inzwischen haben sie ein Kind von zwei Jahren, das sie tatkräftig daran hindert, die Samstagmorgen im Bett zu verbringen und noch einige andere „Störfaktoren". So bringt sich Sascha nicht selten übers Wochenende Arbeit mit nach Hause, und die Hausarbeit ist durch den Sohn auch nicht leichter, sondern zeitraubender geworden. Ernüchterung ist eingetreten. Die rosa Zeiten sind vorbei.

Gerade deshalb ist es notwendig, sie sich wieder ins Bewußtsein zu rufen. Die Aufnahme der alten Rituale in abgewandelter Form kann den Kontakt wiederherstellen zu den positiven Erfahrungen und damit die Partnerschaft beleben.

Marlene und Sascha haben folgende Lösung gefunden: Anstatt überflüssiger Sachgeschenke zu Geburtsta-

*gen und anderen Festen wünschen sie sich von den Verwandten einen kinderfreien Tag am Wochenende.* Für ihren Sohn ist es ein Vergnügen, wenn er die Großeltern, Tanten und Onkel besuchen darf, und seine Eltern machen sich einen Verwöhntag daraus.

*Andere haben sich wenigstens das ausgiebige Samstagsfrühstück bewahrt, zu dem er frische Brötchen besorgt, und für das sie sich Zeit nehmen.*

### Sexualität als störanfälligster Teil der Partnerschaft

Die Sexualität ist einerseits zentral bedeutend für eine Liebesbeziehung, andererseits ein besonders verletzbarer Teil. Die Geburt von Kindern, die Anwesenheit von Kindern, Berufs- und Alltagsstreß und Krankheiten wirken sich aus auf sexuelle Lust und Befriedigung. Das Sexualleben muß also besonders geschützt werden, damit es nicht „herunterkommt" und die Partnerschaft dadurch in Mitleidenschaft gezogen wird.

Zunächst sollte das Schlafzimmer als geschützter Raum gelten. Es muß Zeiten geben, wo es auch für Kinder Tabuzone ist. Um sich sexuell aufeinander einlassen zu können, müssen Paare sich sicher und ungestört fühlen. Auch wenn das elterliche Bett natürlich nicht grundsätzlich für die Kinder verboten ist, so muß es doch nicht jederzeit für sie verfügbar sein. Eltern könnten sich beispielsweise ein witziges Verbotsschild herstellen und an die Tür hängen, wenn sie ungestört sein wollen.

Auch Eltern haben ein Recht auf ihre Sexualität, denn sie sind neben Eltern eben auch Mann und Frau.

Während es Männern normalerweise keine Schwierigkeiten macht, sowohl Liebhaber als auch Vater zu sein, stellt es für viele Frauen ein Problem dar, aus der Mutterrolle in die Geliebtenrolle zu wechseln. Die zahllosen

Klagen von Männern über die chronische Lustlosigkeit ihrer Frauen nach der Geburt des ersten Kindes weisen darauf hin, daß der Rollenzuwachs nicht leicht zu integrieren ist. Anstatt eines sowohl-als-auch scheint es sich um ein entweder-oder zu handeln. Das Problem ist sicherlich vorwiegend sozio-kulturell bedingt. Als Mutter bin ich fürsorglich und auf das Kind ausgerichtet, als Geliebte verführerisch und auf mich zentriert. Beides zusammen verträgt sich offenbar nicht ohne weiteres. Es gilt also herauszufinden, was die Rollenübergänge erleichtern könnte. Auch in diesem Zusammenhang ist der Rückgriff auf die Erfahrung mit Ritualen der verliebten Anfangszeit hilfreich. Es könnte eine besondere Kleidung sein, oder bestimmte Musikstücke, die mit der erotischen Stimmung von damals verbunden sind.

*Kerstin und Philip pflegten zu Beginn ihrer Partnerschaft das Ritual, sich gegenseitig genußvoll auszuziehen und mit duftendem Öl zu massieren. Das war ihnen im Verlauf ihrer Ehe, und besonders seit sie Kinder hatten, abhanden gekommen. Es fehlte an der dafür erforderlichen Muße, vielleicht auch Spannung, und so war der Liebesakt allmählich reduziert worden auf „das Wesentliche", und das „Drumherum" war untergegangen. Es ist nicht erstaunlich, daß das auf Kosten der Lust ging. Kerstin beklagte sich, daß sie sich benutzt fühlte und verzichtete lieber auf Sex. Als sie ihr altes Ritual wieder ausprobierten während eines Urlaubs, beschlossen sie, es wieder einzuführen und häufiger zu pflegen.*

*Sie wollten ihre Sexualität wieder wichtiger nehmen und dafür auch einiges tun: sich Zeit dafür nehmen und den Raum dafür schaffen. Das hieß, Störungen weitgehend auszuschalten und den Kindern Grenzen zu set-*

*zen. Es fiel Kerstin anfangs nicht leicht, mit Philip am Sonntagmorgen im Bett zu bleiben und die Kinder allein in der Küche hantieren zu lassen. Aber schließlich waren sie nicht mehr so klein, und mit der Zeit lernte sie, sich diese Freiheit zu nehmen und zu genießen.*

## Vermeidungsrituale

In einigen Partnerschaften werden mit der Zeit aus verschiedenen Gründen wirkungsvolle Sex-Vermeidungsrituale entwickelt. Wenn sie am späten Abend regelmäßig bügeln muß oder er systematisch so lange fernsieht, bis sie im Bett inzwischen eingeschlafen ist, dann steckt dahinter oft gezieltes Vermeidungsverhalten. Dann gilt es zu hinterfragen, warum Sexualität beängstigend oder unerwünscht, lästig oder abstoßend ist. Gerade das ist zu zweit aber meist schwierig. Das Ritual dient ja auch dazu, das offene Gespräch über ein problematisches Thema zu vermeiden. In diesen Fällen könnte eine Beratung sinnvoll sein, wenn dazu die Bereitschaft besteht.

*Eine Frau, sie war Lehrerin, zog sich jeden Abend nach dem gemeinsamen Abendessen in ihr Arbeitszimmer zurück, um den Unterricht für den nächsten Tag vorzubereiten. Das dauerte bis gegen Mitternacht, und er war inzwischen regelmäßig eingeschlafen. Am nächsten Morgen herrschte schlechte Stimmung, weil er über ihren „Entzug" verärgert war.*

*Sie erlebte die Sexualität mit ihrem Mann sehr unbefriedigend, und anstatt es anzusprechen und zusammen mit ihm eine Veränderung zu versuchen, entzog sie sich mit ihrem ritualisierten, genau festgelegten Arbeitsverhalten. Auf diese Weise verfestigte sie das Problem mit ihrem Vermeidungsritual.*

## Verlust von Liebesritualen

So übel sich starres Festhalten an ursprünglichen Ritualen auswirken kann, so kann es auch einen Verlust bedeuten, wenn manche davon einfach im Alltagsleben untergehen und verschwinden, obwohl sie eine wichtige Funktion erfüllen und noch – vielleicht etwas abgeändert – gebraucht werden.

*Birgit und Niels lebten nach ihrer Heirat aus beruflichen Gründen fünf Jahre in Rußland. Sie hatten dort wenig Außenkontakte und waren stark aufeinander angewiesen. Zwar gewöhnten sie sich an allerhand Mißstände, aber bestimmte Dinge aus der Heimat fehlten ihnen sehr. So gewöhnten sie sich an, sich abends nach dem Abendessen auf das Sofa zu kuscheln und an „zu Hause" zu denken. Sie redeten davon, wie gern sie wieder wie früher nur mal so kurz den einen oder anderen besuchen würden und malten sich das in der Phantasie aus. Sie erinnerten sich an den Ausflug mit dem Tennisclub, der demnächst wieder stattfinden mußte, und an den Geburtstag der Nichte, der letztes Mal so lustig gewesen war. In diesen Momenten erlebten sie viel Nähe und Zusammengehörigkeit. Damit stützten sie sich gegenseitig, weil sie einander brauchten und sonst niemand da war, auf den sie hätten ausweichen können. Sie beschlossen ihr Kuschelritual immer mit der Versicherung, wie sehr sie es genießen würden, all das wieder tun zu können, wenn sie wieder zu Hause sein würden. Als sie dann zurückkehrten, nahmen sie das Vermißte wieder auf und genossen es erst einmal. Dabei merkten sie nicht, daß sie gleichzeitig auch etwas verloren, nämlich ihr einst so wichtiges Kuschelritual. Das schien jetzt überflüssig geworden zu sein. Sie wa-*

*ren nicht mehr so stark aufeinander angewiesen. Als sie sich einmal mit Freunden Fotos ansahen aus der Zeit in Rußland, erinnerten sie sich an die Einschränkungen des dortigen Lebens und daran, wie sie manches gemeistert hatten. Birgit dachte mit Wehmut an ihre Abende auf dem Sofa, und es wurde ihr bewußt, daß sie das in Wirklichkeit vermißte. Sie hatten, seit sie hier waren, keinen rechten Ersatz dafür gefunden. Natürlich ging es jetzt nicht darum, in Erinnerungen und Sehnsüchten zu schwelgen wie damals. Aber die Gefühle von Nähe, Geborgenheit und Zugehörigkeit, die den Kern ihres Rituals ausmachten, die wollten sie wieder deutlicher spüren. Es ging also darum, sich die Zeit zum Träumen zu nehmen und die Zeit für Zweisamkeit, die sie in Rußland in ihrer Isolation reichlich gehabt hatten.*

## Erstarrung und Neuentwicklung von sexuellen Ritualen

Auch sexuelle Rituale haben wie alle anderen ihre beschränkte Dauer und sind in unveränderter Form nicht auf Ewigkeit sinnvoll. Doch bei vielen Paaren werden sie eine feste Einrichtung, die starr beibehalten wird, sei es aus Mangel an Phantasie oder aus Angst vor Neuem.

Die Sicherheit, die uns durch Rituale bzw. den Rückgriff auf vertraute Rituale vermittelt wird, ist uns ja auch im Bereich von Liebe und Sexualität willkommen. Auf diesem Terrain, wo es einerseits um Intimität und Bloß-Stellung geht und andererseits um Leistung und Wert (gerade im Zuge der Enttabuisierung der Sexualität) und um Erfolg oder Mißerfolg, scheint es gut, auf Bewährtes zurückzugreifen. Und so ist die Sexualität eines Paares meistens auch stark ritualisiert. Abweichungen davon lösen eher Mißtrauen aus: Was ist jetzt los? Was will er/sie?

Ob das Licht aus oder an ist, ob Paare nackt schlafen oder nicht, wie das Bedürfnis nach Zärtlichkeit und sexueller Zuwendung ausgedrückt wird, ist meistens stereotyp festgelegt.

Da gibt es ganz spezifische Sätze, Kosenamen, Berührungen, die das Ritual einleiten, dessen weitere Abfolge und Beendigung vorhersehbar ist. Da legt er die Hand auf ihre Brust, und sie sagt: „Heute nicht, ich bin so müde". Doch das Vertraute und Sichere bringt mit der Zeit eben auch Langeweile und Festgefahrenheit und die Sehnsucht nach Abwechslung und Neuem mit sich, die dann möglicherweise eher in einer Außenbeziehung ausgelebt wird. Das ist manchmal leichter, als innerhalb der Partnerschaft das Risiko von Neuerung einzugehen. Die Lust auf Neues wird leicht als Unzufriedenheit gedeutet und könnte den Partner oder die Partnerin verletzen und in Frage stellen. Mit einem neuen Partner sind Risiko und Verlustangst nicht so groß, denn da gibt es noch keine gemeinsame Geschichte, die verbindet und verbindlich ist. Wenn jedoch die Ehefrau nach acht Jahren plötzlich in erotischer schwarzer Wäsche vor ihrem Mann steht, dann erschreckt ihn das vielleicht viel eher als daß es ihn erregt. „Was ist los mit ihr, was will sie jetzt von mir?" mag er denken und sich unter Druck fühlen.

Die bewährten und verläßlichen Rituale in der Anfangsphase haben also durchaus auch einen Wert als Rituale gegen die Angst. Aber wenn nach Jahren jedes Wort, jeder Handgriff, jede Bewegung vorhergesagt werden kann, wo bleibt dann die Spannung?

Um neue Rituale ins Liebesleben einzuführen, braucht es Mut und Vertrauen, denn alles Neue macht uns auch angst. Zunächst ist es sicher sinnvoll, die gewohnten Rituale abzuändern, anstatt radikal neue einzuführen. Befriedigende Sexualität beruht ja nicht auf der technischen Nachahmung von kunstvollen sexuellen Praktiken, wie sie die heutige Sexwelle propagiert. Es geht vielmehr darum, sich mit Neugier, Achtung und Interesse füreinander auf den Prozeß einzulassen, zusammen herauszufinden, was beiden gut tut und gefällt.

## Feierrituale

Unsere kulturspezifischen Feierrituale haben normativen Charakter. Das wird beispielsweise am Fehlen eines offiziellen Feierrituals für homosexuelle Paare deutlich. Da Homosexualität nicht für normal erachtet wird, gibt es auch kein Ritual dafür. Durch die Diskussion um die Heiratsmöglichkeit für Schwule und Lesben wurde dieses Tabu zwar ein Stück weit enttabuisiert, aber noch nicht aufgelöst.

Ähnlich verhält es sich mit dem Fehlen von bestimmten Übergangsritualen: die erste Menstruation, die erste Pollution – wichtige Ereignisse im Leben eines Menschen – werden in unserer Kultur nicht gefeiert, sondern übergangen. Sie spielen keine Rolle in unserem kulturellen Verständnis.

Demgegenüber haben wir Feierrituale für die Taufe, die heterosexuelle Hochzeit, das Begräbnis. Sie markieren wichtige Ereignisse in unserem Lebenszyklus. Ebenso haben wir für religiöse Feiertage wie Weihnachten und Ostern traditionelle Rituale. Der Weihnachtsbaum oder das Verstecken der Ostereier sind typische Ritualbestandteile in unserer Kultur, die die meisten von uns nur geringfügig variieren.

Darüber hinaus gibt es aber noch eine Vielzahl von privaten Feierritualen, mit denen wir ausdrücken, daß wir etwas wichtig nehmen und als besonders erachten, und mit denen wir etwas würdigen. Gedenktage und Jahrestage gehören dazu, die persönliche Höhepunkte und Wendepunkte im Leben markieren und mit denen wir Wertschätzung, Dankbarkeit und Freude ausdrükken.

So können wir mit dem Hochzeitstag unsere Zusammengehörigkeit und Liebesbeziehung feiern, mit dem Geburtstag unser Da-Sein überhaupt, wir können berufliche Erfolge feiern und erfreuliche Ereignisse im Alltag. Wir können andere feiern und uns feiern lassen. Wenn wir „für jemanden ein Fest ausrichten", dann zeigen wir damit besondere Anerkennung und Zuwendung. Dann stellen wir jemanden eine Zeit lang in den Mittelpunkt und nehmen ihn wichtig.

Feierrituale, kollektive und auch solche zu zweit, gehen üblicherweise mit besonderem Essen, besonderer Musik, besonderer Kleidung und Geschenken einher. Das sind die Merkmale, die ein Ritual zum Feierritual machen.

Es gibt Partnerschaften, die über eine Vielzahl von Feierritualen verfügen. Diese Partner haben ein Gespür dafür, im Alltäglichen das Besondere zu entdecken und zu würdigen. Andere Paare haben nur ganz wenige Feierrituale, und manche feiern nicht einmal ihren Hochzeitstag, weil er ihnen bedeutungslos erscheint und sie ihn vielleicht vergessen.

An den Feierritualen läßt sich die Entwicklung einer Beziehung ablesen. Wie flexibel sind die Rituale? Verändern sie sich im Verlauf der Beziehung, oder bleiben sie immer gleich und zeigen damit einen Stillstand an? Wieviel Lebendigkeit ist in den Feierritualen spürbar? Sind sie das Gerüst, das das Paar noch nach außen hin zusammenhält, oder sind sie sichtbarer Ausdruck von Freude und Genußfähigkeit? Ist das Hochzeitsjubiläum Mahnmal für Pflichtbewußtsein oder Denkmal für ein erfülltes gemeinsames Leben?

Als typisches Beispiel für ein Zwangsritual ist der Hochzeitstag bekannt. So erinnert sich eine Frau voller Widerwillen daran, wie an jedem Hochzeitstag der Eltern eine Rose mehr im obligaten Strauß des Vaters war und beschließt, ihren eigenen Hochzeitstag lieber nicht zu feiern als auf solch zwanghafte Weise.

Und so geht es uns mit manch anderen offiziellen Festtagen auch. Sie arten leicht zum formalen Korsett aus, das keinen Raum für Spontaneität bietet und ohne unsere emotionale Beteiligung abläuft.

„Nichts ist schwerer zu ertragen als eine Reihe von Feiertagen" – dieses Zitat drückt aus, wie schwer wir uns tun mit auferlegten Festritualen.

Feste wie Weihnachten oder Ostern feiern viele ganz bewußt anders als ihre Eltern. Sie wollen sich gezielt davon absetzen, weil sie es früher bedrückend und einengend fanden.

In diesem Sinn hat Weihnachten auf den Kanarischen Inseln oder Ostern im Skigebiet für uns nichts Auffälliges mehr. Dagegen hätte es für unsere Großeltern noch einen unerhörten Bruch mit der Tradition bedeutet. Die Normen für offizielle Feierrituale haben sich in unserem Kulturraum mehr und mehr aufgelockert und lassen mehr Freiheit für Individualität. Allerdings gelingt es uns nicht immer, sie auch so zu nutzen, daß wir wirklich das Besondere, den feierlichen Schauer spüren.

Damit Feierrituale bereichernd sind, müssen wir bewußt mit ihnen umgehen. Die Anthroposophen sind darin geradezu Meister. Sie verfügen über eine Vielzahl von sorgfältig bedachten Feierritualen, die dem Jahresablauf Gestalt geben und persönliche Entwicklungsschritte würdigen. Weihnachten, Ostern, Sonnenwendfeiern und Namens- und Geburtstage werden so gefeiert, daß der Sinn spürbar wird und die Symbolik uns emotional anspricht.

Wir können unsere Feierrituale durchaus so gestalten, daß sie „stimmen" – daß sie mit unserem Erleben übereinstimmen. Zur Lebensqualität gehört auch, nicht nur das zu feiern, was schon immer gefeiert wurde, sondern überhaupt mit Feiern ein Zeichen zu setzen für das, was wir als gut erleben.

Mit einem Feierritual würdigen wir etwas. Sei es einen aktuellen Erfolg als etwas, was uns gelungen ist, oder mit einem Gedenktag die Erinnerung an etwas Bedeutsames, das uns viel wert ist.

Der Tag des Kennenlernens ist ein Gedenktag zum Feiern, und überstandene Krisenzeiten sind es wert, gefeiert zu werden. Aber auch berufliche Erfolge, die schließlich durchaus ihren stabilisierenden Wert im Zusammenleben haben können – man denke bloß an die immense Belastung einer Familie durch Arbeitslosigkeit – sind ein Grund zum Feiern. Darüber hinaus können Entscheidungen gefeiert werden, oder vielleicht ein positiver Schwangerschaftstest, der Bezug einer neuen Wohnung oder natürlich die Geburt eines Kindes. Eigentlich gibt es unendlich viele Gründe, etwas zu feiern und damit wertzuschätzen, wenn wir uns wichtig genug nehmen.

Der Ablauf unserer Feierrituale orientiert sich am Anlaß. Die meisten Menschen feiern Weihnachten immer auf die gleiche Weise nach einer festgelegten Ordnung, ebenso wie den Hochzeitstag und ihre Geburtstage. So kommt die Stabilität durch Rituale zustande. Doch durch die Starrheit der äußeren Form verlieren wir nicht selten die Bedeutung des Inhalts aus den Augen: es gibt Kinder, die nicht wissen, warum wir Ostern oder Weihnachten feiern, und Erwachsene, die nicht wissen, den wievielten Hochzeitstag sie eigentlich feiern, oder wie alt die Frau an ihrer Seite geworden ist. Damit wird das Ritual buchstäblich leer.

Im Eigentlichen ist das Ritual sowohl die Form, das Wie, als auch die Erfüllung mit Sinn und Gefühl, das Was.

Berücksichtigen wir bei unseren Feierritualen beide Aspekte, dann bleiben sie lebendig, und wir spüren etwas von ihrer Aussagekraft. Wie alle Rituale brauchen auch Feierrituale ein gewisses Maß an Wandlungsfähigkeit, um sich dem Fluß des Lebens anzupassen und nicht zur toten Gewohnheit zu werden.

## Kleine Feierrituale des Alltags

Mit kleinen Feierritualen können wir uns den Alltag lebendiger und bewußter gestalten. Es müssen nicht nur die großen Ereignisse sein, die eine Würdigung verdienen. Auch die scheinbar kleinen, die eine persönliche Bedeutung haben, sind es wert, gefeiert zu werden.

Könnte es nicht ein Grund zum Feiern sein, daß heute endlich das Projekt abgeschlossen wurde, das jemanden so lange beschäftigt und das Beziehungsleben eingeschränkt hat – unabhängig vom Erfolg? Oder daß das Kind den ersten Tag ohne Windel erfolgreich verbracht hat? Oder daß Zeugnisausgabe war – unabhängig von den Noten? Gefühle von Freude, Stolz, Erleichterung verdienen ein Feierritual. Ein Geschenk, ein Festmahl, ein symbolischer Akt (eine hübsch verpackte Rolle Toilettenpapier fürs Kind oder das Verbrennen von überholten Aufzeichnungen und unbrauchbaren Manuskripten). Auf diese Weise findet eine Dokumentation statt, das Gefühl bekommt eine Form und wird Geschichte, kann zur Erinnerung werden. Und wir alle wissen, daß Erinnerungen heilsam sein können.

## Geburtstagsrituale

Während für Kinder das Geburtstagsritual noch äußerst wichtig ist, haben manche Erwachsene ihre Schwierigkeiten damit, sich feiern zu lassen. Kinder wollen es am liebsten der ganzen Welt verkünden, daß sie Geburtstag haben. Einige Erwachsene dagegen fühlen sich unbehaglich, wenn sie ohne besondere Leistung im Mittelpunkt stehen.

Geburtstagsrituale haben in einer Partnerschaft den Sinn, die besondere Bedeutung des Partners sichtbar zu machen, und die Freude über sein oder ihr Dasein zum Ausdruck zu bringen.

Bei einem Paar kam es im ersten Jahr ihrer Partnerschaft zu einem Konflikt, weil er an ihrem Geburtstagsmorgen außer einem „herzlichen Glückwunsch zum Geburtstag" nichts vorbereitet hatte. Kein Geschenk, keine Überraschung. Auf sie wirkte das wie die Botschaft: „Du bist mir nicht besonders wichtig." Bei ihm entsprach es aber seiner Einstellung seinem eigenen Geburtstag gegenüber, er nahm ihn nicht so wichtig. Dagegen war der Geburtstag in ihrer Geschichte von jeher ein ganz bedeutender Tag gewesen. In ihrer Kindheit wurde er liebevoll gefeiert, und sie hatte sich die kindliche Freude daran erhalten. Jetzt fühlte sie sich von ihrem Partner übergangen und verletzt. Für sie zählte die Überraschung am Morgen, und seine Absicht, Geschenke und Blumen noch zu kaufen, konnte die Kränkung nicht aufheben.

Unsere persönliche Geschichte mit bestimmten Ritualen prägt uns und führt nicht selten zu Konflikten, wenn wir mit jemand anderem zusammen sind. Das erfordert zum einen Offenheit und Verständnis, zum andern die Bereitschaft, sich auf neue gemeinsame Rituale einzulassen.

*Bei Clemens und Annika werden die Geburtstage sämtlicher Familienmitglieder immer in derselben Form gefeiert. Nicht nur für die Kinder, auch für Mutter und Vater findet am Geburtstag das gleiche Ritual statt. Es beginnt damit, daß das „Geburtstagskind" ins Zimmer mit dem Geburtstagstisch geführt wird, der mit Blumen, Kerzen, Kuchen und Geschenken geschmückt ist. Es wird ein Lied gesungen, die Geschenke werden ausgepackt. Nach dem Frühstück endet das Ritual mit dem Ausblasen der Kerzen. Daß es da eine zentrale Hauptperson gibt, ist nicht zu übersehen. Sicherlich wird das Ritual abgewandelt werden, wenn die Kinder älter werden und schließlich das Haus verlassen haben. Entscheidende Veränderungen in der Familienstruktur – und darum handelt es sich, wenn die Kinder nicht mehr im Elternhaus leben – erfordern auch Veränderungen im Ritualleben. Sonst entsteht Heuchelei und die gefürchtete Erstarrung. Eine praktikable Abwandlung des ursprünglichen Rituals wäre beispielsweise die Lieblings-CD anstelle des Geburtstagsständchens und eine Einladung ins Lieblingsrestaurant am Abend.*

## Mißverständnisse

Auch bei Feierritualen können zwischen Paaren Mißverständnisse entstehen. Wie alle Mißverständnisse basieren sie auf einem Mangel an Austausch, an Offenheit.

Als Paul zum ersten Mal den Geburtstag seiner Freundin Ines mitfeierte, schenkte er ihr rote, langstielige Rosen. Sie waren besonders teuer und für Paul der Inbegriff des Ausdrucks von Liebe. Als solchen nahm sie Ines auch an. Sie sagte ihm nicht, daß sie viel mehr Freude an einem üppigen, bunten Sommerstrauß gehabt hätte (sie hat im Juni Geburtstag) und solche „stolzen" Rosen noch nie leiden konnte. So ging Paul davon aus, daß nicht nur seine Botschaft angekommen war („ich liebe dich und freue mich, daß es dich gibt"), sondern Ines auch an den Rosen Gefallen fand. Der Rosenstrauß als Teil des Geburtstagsrituals setzte sich tatsächlich über Jahre fort, bis eine Freundin von Ines, die zu Besuch gekommen war, sich wunderte, wie ausgerechnet diese Blumen auf ihren Tisch kamen. Das Mißverständnis sah plötzlich wie ein Betrug aus, und Paul war beleidigt. „Ich wollte ihn nicht verletzen", erklärt Ines. „Ich wußte ja, was er damit ausdrücken wollte, und darüber freute ich mich auch. Deshalb habe ich nie ein Wort gesagt."

Der richtige Zeitpunkt, darüber aufzuklären, wäre vermutlich nicht gerade am Geburtstag selbst gewesen, aber vielleicht einige Zeit vor dem nächsten. Wenn wir etwas zurückweisen – und darum handelt es sich ja, wenn wir ein Geschenk im Grunde nicht mögen – dann ist damit zwar meistens eine Verletzung verbunden. Doch auch Mißverständnisse, die durch Unaufrichtigkeit zustande kommen, können verletzen, und oftmals sogar anhaltender.

### Geschenke als Bestandteile von Feierritualen

Geschenke gehören zu vielen Feierritualen. Weihnachten, Ostern, Geburtstag, Hochzeitstag und andere persönliche Gedenktage sind mit Geschenken verbunden.

Paare, die sich nichts Persönliches mehr schenken und sich stattdessen eine neue Couchgarnitur anschaffen oder ein neues Auto kaufen, verzichten auf den Ausdruck persönlicher Zuwendung. Auch wenn Partnerschaften nach und nach die Romantik verlieren und Geschenke nicht mehr die Rolle spielen, die sie am Anfang hatten, so behalten sie doch als Ausdruck von Nähe und Einfühlung (in die Wünsche des andren) eine große Bedeutung.

Geschenke drücken aus, daß man an den anderen gedacht hat, an die Vorlieben und Wünsche. Die Sammlerin alter englischer Kinderbücher bekommt seit Jahren von ihrem Mann zu jedem Geburtstag ein ausgesuchtes Exemplar für ihre Sammlung. Sie weiß es und freut sich darauf. Sie wäre irritiert, wenn sie stattdessen einmal etwas anderes bekommen würde und würde sich fragen, was das bedeuten könnte.

Andere Geschenke haben einen besonders symbolischen Wert. Die Socken und Pullover, die Charlotte ihrem Mann strickt, wärmen ihn. Sie kosten zwar nicht besonders viel Geld, aber sie strickt viele liebe Gedanken hinein, und er versteht sie als Widmung und symbolischen Ausdruck ihrer Liebe zu ihm.

Wir kennen das Schmuckstück zur Geburt eines Kindes oder zum Hochzeitstag als sehr verbreitetes Geschenk an die Frau, das auch mit Symbolik belegt ist.

Ritualisierte Geschenke vermitteln Botschaften. Und dadurch nehmen sie einen wichtigen Stellenwert in einer Partnerschaft ein.

## Das Bedürfnis zu feiern – Versäumte Feste nachholen

*Kai und Friederike heirateten vor fünf Jahren standes-*
*amtlich, weil sie schwanger war, und der Druck der Ver-*
*wandten, daß das Kind nicht unehelich zur Welt kom-*
*men sollte, groß war. Sie selbst hielten damals eine*
*Heirat für unnötig. Aber da sie noch studierten und auf*
*das Geld der Eltern angewiesen waren, gaben sie den el-*
*terlichen Wünschen nach. Es gab kein richtiges Fest,*
*sondern nur im Kreis der engen Angehörigen ein Essen*
*nach der Zeremonie auf dem Standesamt. Damals lehn-*
*ten sie diesen ganzen Zauber ja auch ab. Doch nach ei-*
*nigen Jahren hatte Friederike das dumpfe Gefühl, etwas*
*versäumt zu haben. Sie hatten ihre Entscheidung, als*
*Paar zusammenzuleben und eine Familie zu gründen,*
*gar nicht angemessen gefeiert. Bezeichnenderweise fei-*
*erten sie auch nie den Tag ihrer Trauung, allenfalls fiel*
*er ihnen ein. In ihr kam immer häufiger der Gedanke*
*hoch, daß sie etwas nachzuholen hatten. Ein richtiges,*
*großes Fest wollte sie haben, mit vielen Gästen, mit*
*dem sie ihre Partnerschaft feiern wollte. „Ich spürte,*
*daß uns so etwas wie eine Markierung oder ein Symbol*
*dafür fehlte, daß wir uns für ein gemeinsames Leben*
*entschieden hatten. Es sollte gar keine Hochzeit im*
*landläufigen Sinn mit Brautkleid und kirchlichem Se-*
*gen sein, aber eben etwas Großes, an das man sich erin-*
*nert und das zu einem wirklichen Gedenktag werden*
*kann", sagt sie.*

Manche Ereignisse oder Entwicklungen brauchen tatsächlich ein großes Ritual als Denkmal, eines, das nicht
zu übersehen oder zu vergessen ist, eines, das dem inneren Bild gleichkommt und ihm symbolhaft sichtbaren
Ausdruck verleiht.

## Der Hochzeitstag als Erinnerungsfeier oder als Zwangsritual

Die jährliche Feier des Hochzeitstags steht wohl am deutlichsten für die Bestätigung der Partnerschaft. Doch häufig ist gerade dieses Fest verkommen zum Zwangsritual, das man auf keinen Fall vergessen darf. Vergißt man es nämlich, dann könnte das als Zeichen dafür gewertet werden, daß die Ehe nicht so wichtig genommen wird wie sie sollte, daß man – streng genommen – diese Ehe womöglich gar nicht mehr eingehen würde. (Und oft genug stimmt das ja auch.)

Rituale, und besonders Feierrituale, drücken symbolhaft aus, was wichtig ist. Sie lassen sich auch als Fassade benutzen. Manche halten an ihnen fest, gerade weil das Zusammenleben insgesamt so zweifelhaft und unsicher geworden ist und die Beziehung im Ganzen gefährdet scheint. Wenn es vielleicht schon eine Vielzahl von Konflikten gibt, dann müssen wenigstens bestimmte Rituale eingehalten werden, damit immerhin etwas sicher ist. Sonst könnte ja alles zusammenbrechen. In diesem Zusammenhang dient ein starres Hochzeitstagsritual zur Verschleierung und Angstabwehr. So feiern manche Paare ihren Hochzeitstag seit zwanzig Jahren genau gleich, und jede Abweichung wäre eine Bedrohung, weil sie die scheinbare Stabilität gefährden würde.

Zweifellos verdient der Hochzeitstag ein Feierritual. Aber wie könnte man ihn so begehen, daß ein sinnvolles, nicht ermüdendes und zwanghaftes Ritual daraus wird?

*Isabella und Uwe haben eine besondere Art gefunden, ihren Hochzeitstag zu feiern. Sie beschenken sich nicht bloß, sondern sie halten Rückschau auf das jeweils vergangene Jahr und erzählen sich, was in dieser Zeit be-*

122

sonders schön für sie war und was andererseits verletzend und schwer war. *Sie ziehen gewissermaßen Bilanz, um sich darüber klar zu werden, was diese Ehe für sie (noch) bedeutet, welche Aspekte das Zusammenleben hat und wie sie damit bisher umgegangen sind und künftig umgehen wollen. Am Ende wiederholen sie (bisher jedenfalls) ihr Eheversprechen.*

Mit solch einem Ritual ist der alljährliche Hochzeitstag nicht bloß eine Formalität, die nicht vergessen werden darf, nicht ein Korsett, um etwas zusammenzuhalten, was sonst längst auseinandergebrochen wäre, sondern wirklich eine Wiederholung der Entscheidung füreinander.

Mit diesem Hintergrund ist auch eine innere Vorbereitung erforderlich, nicht bloß eine Tischbestellung im Restaurant. Es geht darum, sich mit den verschiedenen Facetten der Partnerschaft auseinanderzusetzen und sich anzuschauen, wo etwas anders werden soll, damit die Beziehung erneut bejaht werden kann.

Wenn das Ritual des Hochzeitstagfeierns ein Ritual für das erneute Sich-Aufeinander-Einlassen ist, dann besteht nicht die Gefahr, daß er zur reinen äußeren Formsache wird. Dann ist damit die Chance gegeben, das Wachstum der Beziehung, ihre Veränderung im Lauf der Zeit mit unterschiedlichen Anforderungen und Schwerpunkten wirklich wahrzunehmen und entsprechend darauf einzugehen.

## Das Fest der ersten Begegnung

Alle Gedenktage bergen die Gefahr, zur Stereotypie oder zu zwanghaften Ritualen zu werden, wenn man sie nicht sehr bedacht feiert und angemessene Abwandlungen im Lauf der Zeit vornimmt.

Für viele Paare tritt der Tag der ersten Begegnung an die Stelle des Hochzeitstages, weil sie nicht verheiratet sind. Er ist zweifellos ein wichtiger Tag in der gemeinsamen Geschichte, und seine Feier bedeutet eine Bestätigung der Zusammengehörigkeit. Die meisten haben auch für ihn ein stereotypes Ritual, so wie für andere Gedenktage auch. So feiern ihn manche jährlich am Ort ihrer ersten Begegnung. Sie machen gegebenenfalls eine Reise dorthin und verbinden das vielleicht mit einem Kurzurlaub. Doch auch aus dieser regelmäßigen Wiederholung kann ein leeres Ritual werden, dessen Sinn abhanden kommt.

Eine Alternative wäre etwa, an diesem Tag zusammen sowohl die Veränderungen zu betrachten, die sich im Zusammenleben seit dem Anfang vollzogen haben, als auch all das, was konstant geblieben ist. So bleibt der Inhalt des Rituals durchaus spannend und lebendig, und doch ist die Form als Gedenktag ritualisiert. Beide können in ein eigens dafür angelegtes Tagebuch jährlich an diesem Tag ein paar Sätze schreiben, die ihnen charakteristisch erscheinen und bedeutsam sind. Auf diese Weise entsteht ein aufschlußreiches Dokument der Partnerschaft.

### Überstandene Krankheiten

Eine ernsthafte Krankheit kann in einer Paarbeziehung eine so massive Erschütterung auslösen, daß bei ihrem guten Ausgang ein Feierritual angemessen ist. Die Überwindung von Angst und Unsicherheit ˙stellen einen Wendepunkt dar, neue Wertsetzungen finden wahrscheinlich statt und verdienen einen rituellen Rahmen. Eine schwere Krankheit setzt unversehens die bislang gültigen Regeln einer Beziehung außer Kraft. Arbeitsteilung und Rollenverteilung stimmen nicht mehr, und es herrscht ein Ausnahmezustand, eine Krise, die zu bewältigen ist. Insbesondere eine lebensbedrohende Diagnose bringt starke Verunsicherung und Ängste mit sich. Plötzlich gilt all das, was vorher eingespielt oder selbstverständlich war, nicht mehr. Mit einem Mal ist so vieles in Frage gestellt, die Zukunft ist ungewiß, und Planungen werden hinfällig.

Um so näherliegender ist das Feiern eines guten Heilungsverlaufs. Doch derartige Rituale gibt es bei uns selten. Sie finden am ehesten in Form von stillen Dankesgebeten statt. Manche haben eine unbestimmte Angst, daß die Krankheit sie wieder einholen könnte, wenn sie sich ausdrücklich freuen. Doch gerade die Fixierung auf die Krankheit wirkt sich eher negativ aus. Untersuchungen mit Krebskranken zeigen, daß durch „innere Bilder", also durch die Vorstellungskraft, viel bewirkt werden kann. In diesem Sinn wird durch ein gemeinsames Feierritual eine Wende markiert und deutlich gemacht, daß etwas Positives geschehen ist.

So sollte beispielsweise bei Krebserkrankungen nach jeder befundlosen Nachuntersuchung ein Feierritual stattfinden als Zeichensetzung dafür, daß wieder ein Stück Leben gewonnen ist.

*Bei Florian und Vanessa schlug die Diagnose Brustkrebs wie ein Blitz ein. Mit einem Mal war nichts mehr so, wie es vorher war: Die Planung des Sommerurlaubs, die Frage nach dem zweiten Kind, der verwilderte Zustand des Gartens, die anstehende Pflegebedürftigkeit des Schwiegervaters. Alles wurde in seiner Bedeutung völlig relativiert und verfremdet. Die Zukunftsperspektive war durch und durch von Angst und Ungewißheit durchdrungen. Das Paar zog sich weitgehend von allen freundschaftlichen Kontakten zurück. Vanessa fühlte* sich wie aussätzig; sie scheute sich, über ihre Krankheit zu reden und konnte sich deshalb auch keine Erleichterung durch Aussprache verschaffen. Florian nahm Urlaub während ihres Klinikaufenthalts und versorgte die zweijährige Tochter Yasmin. Anschließend sollte Vanessas Mutter kommen, um sie nach der Operation und während der ambulanten Therapie zu Hause zu entlasten.

Die Brust wurde entfernt, und die Prognose war gut, weil der Knoten relativ früh entdeckt worden war. Doch Vanessas Selbstverständnis als Frau war plötzlich total in Frage gestellt: es fehlte ihr ein Teil ihrer selbst, ein wichtiges Attribut ihres Frau-seins. Wie würde ihr Mann darauf reagieren? Wie würden sie beide damit klarkommen? Wie würde sich ihre Sexualität dadurch verändern? Unendlich viele Fragen und Ängste.

Nach dem Abschluß der Bestrahlungstherapie beschlossen sie, ganz bewußt diesen Einschnitt zu feiern. Es war Florians Idee, und es war nicht das, was man sich unter einem Freudenfest vorstellt, sondern eher ein Ritual der Besinnung. Sie stießen mit Champagner an und hielten Rückblick auf die vergangenen Monate. Sie sprachen ihre Ängste aus und ihre Zuversicht. Sie sprachen darüber, wie die Krankheit ihr Leben verändert hatte und was sie aufgrund dieser Erfahrung der Todesnähe künftig an ihrem Leben ändern wollten. Ihr Wertsystem hatte sich gewandelt: vieles von dem, was vorher wichtig war, hatte an Bedeutung verloren. Auch dieser Umbruch verdiente ein Feierritual. Florian machte Vanessa ein Geschenk. Er wollte ihr damit sagen, daß sie als Frau für ihn nicht an Wert verloren hatte. Es war ein roter Body aus Spitze, der sehr sexy aussah. Bestätigungen dieser Art brauchte sie jetzt besonders.

*Vor jeder Nachuntersuchung stieg der Angstpegel erneut an. Nach jedem befundlosen Untersuchungsergebnis hielten sie ein kleines Feierritual ab, beschenkten sich und würdigten bewußt das (Weiter-)Leben.*

Rituale setzen Schwerpunkte und markieren bestimmte Zeiträume und Ereignisse. Ein Ritual nach einer schwerwiegenden Krankheit sagt, daß etwas abgeschlossen ist, und ein neuer Abschnitt anfängt. Das innere Bild „Ich bin krank" kann abgelöst werden durch das Bild „Ich habe die Krankheit überwunden".

## Überstandene Krisen

Die große Zahl von Trennungen zeigt, daß die Überwindung schwieriger Zeiten nicht selbstverständlich ist und gewürdigt werden sollte. So ist also nicht nur ein Trennungsritual sinnvoll und wichtig, sondern ebenso ein Feierritual nach einer bewältigten Beziehungskrise.

Wenn zwei sich nach einer Krise entscheiden, neu aufeinander zuzugehen und zusammen zu bleiben, „es noch einmal zu versuchen", dann könnte ein Vertrag, den beide unterschreiben, der Kern eines Feierrituals sein. In ihm werden die Gründe aufgeführt, warum sie zusammenbleiben wollen und die Bedingungen, die erfüllt werden müssen, um künftig große Krisen zu vermeiden.

*Ingo hatte seine Frau Melanie und die beiden Kinder verlassen, weil er sich in eine andere Frau verliebt hatte und zu ihr gezogen war. Melanie litt sehr und hörte nicht auf, Ingo telefonisch und mit Briefen um seine Rückkehr zu bitten. Nach einem halben Jahr kam er zurück, wegen der Kinder. Die äußere Form der „heilen"*

*Familie war wiederhergestellt. Aber es war keine Ent-*
*scheidung für Melanie, sondern eine für die Kinder. Drei*
*Jahre später ging er endgültig.* Melanie und Ingo hatten ihre Krise nicht bearbeitet,
sondern im Grunde tabuisiert. Ingos Rückkehr vollzog
sich stillschweigend. Ein Feierritual hätte ihnen vielleicht die Tragweite und Schwere dieser Entscheidung
zur Rückkehr bewußt gemacht. Doch insbesondere Melanie tat so, als ob nichts gewesen wäre und alles in
Ordnung wäre. Sie war so gekränkt und fühlte sich so
gedemütigt, daß sie nicht mehr daran denken wollte.
Eine Auseinandersetzung mit den Hintergründen und
Ursachen für Ingos Auszug hätte sie geängstigt, und
gleichzeitig wäre sie notwendig gewesen für eine gute
Weiterentwicklung.

Eine Krise ist eigentlich erst dann abgeschlossen und
als Chance genutzt, wenn sie nicht zum Unaussprechli-
chen, zum Tabu wird, sondern integriert in die Bezie-
hungsgeschichte und bearbeitet wird. Wichtiger Teil
und Höhepunkt dieses Integrationsprozesses kann ein
Ritual sein, das neben dem Rückblick auch den Blick in
die Zukunft beinhaltet. Symbolhafte Geschenke als etwas, was man dem andern von sich gibt, gehören auch
dazu.

Beide können das „Belastungsmaterial" auf einem
Blatt auflisten, das zu der Krise geführt hat, können Vorwürfe und Anschuldigungen aufschreiben, die sie dann
während des Rituals verbrennen oder auf Eis legen, indem sie das Blatt im Gefrierfach deponieren.

## Rituale des Ausgleichs

Der Ausgleich von Geben und Nehmen ist für eine Partnerschaft außerordentlich wichtig. Wenn er nicht stimmt, macht sich das Ungleichgewicht früher oder später destruktiv bemerkbar. Viele Beziehungen scheitern daran, daß die Rollen starr verteilt sind: sie ist immer und ausschließlich diejenige, die „Beziehungspflege" macht, indem sie gemeinsame Unternehmungen organisiert und sein Lieblingsrasierwasser einkauft, die Freunde oder seine Mutter einlädt und sich sämtliche Weihnachtsgeschenke für die ganze Verwandtschaft ausdenkt und einkauft. Er dagegen ist derjenige, der ausschließlich fürs Geld sorgt und den Gefühlsbereich ganz ihr überläßt.

Anerkennung, Wertschätzung und Arbeitsbelastung sollten in einer Partnerschaft ausgeglichen sein. Doch derjenige, der mehr investiert, ist keineswegs grundsätzlich dadurch im Nachteil. Denn er fühlt sich damit häufig besser als der andere, der in seiner Schuld ist. Wir wundern uns oft darüber, warum mißhandelte Ehefrauen von Alkoholikern ihren Mann nicht endlich verlassen. Meistens sind sie erwerbstätig, versorgen allein die Kinder, sind zuständig für den ganzen Haushalt – und lassen sich von ihm beschimpfen, vielleicht schlagen, benutzen. Solche Frauen fühlen sich grundsätzlich wertlos, und gerade dadurch, daß er sie so sehr braucht, gewinnen sie ihren Wert. Dadurch sind sie etwas „Besseres" als er. Ein fataler Kreislauf.

Andererseits haben viele Menschen beträchtliche Probleme mit dem Nehmen. Nimmt man etwas vom andern, dann ist man etwas schuldig, und damit geht es den meisten Menschen nicht gut. Nehmen schafft Verpflichtung. Hat man gegeben, dann ist man in der besseren Position, mag sein, man fühlt sich überlegen und unabhängig.

In vielen Fällen geht gerade derjenige, der etwas schuldet und das Mißverhältnis nicht mehr erträgt. Er sucht die Befreiung gewissermaßen in der Flucht, weil er nicht angemessen zurückgeben kann. Wir kennen das junge Paar, wo sie arbeitet und jahrelang den Lebensunterhalt verdient, während er noch studiert. Ist er endlich fertig mit seiner Ausbildung, dann passiert es nicht selten, daß er sie verläßt. Das kommt uns sehr undankbar vor. Vordergründig geht er deshalb, weil er eine Passendere gefunden hat. Hintergründig aber ist es eher so, daß seine „Schulden" über die lange Zeit ein solches Ausmaß erlangt haben, daß er sie nicht abtragen kann oder will und deshalb die Beziehung abbricht.

Ereignisse und Prozesse, die das Gleichgewicht stören, gibt es in jeder Partnerschaft. Daher sind Ausgleichsrituale von großer Bedeutung: Sowohl die regelmäßigen kleinen, die mit der täglichen Arbeitsbelastung zu tun haben, als auch die einmaligen großen, wenn es zum Beispiel um die Wiedergutmachung einer schlimmen Verletzung oder Schuld geht.

Manche Differenzen sammeln sich über die Jahre an. So erlebt sich die Frau, die auf ihren Beruf verzichtet, damit sie die gemeinsamen Kinder aufziehen kann, nicht selten als diejenige, die durch diesen Verzicht benachteiligt ist und wird verbittert oder unzufrieden, oder sie stellt einen destruktiven Ausgleich her, indem sie ihn zum Schuldigen für alles macht, was ihr nicht paßt.

Der Mann, der sich sexuelle Freiheiten herausnimmt, während seine Frau ihm treu ist, fühlt sich vielleicht insgeheim in ihrer Schuld und trägt sie auf seine Weise ab, indem er sie materiell verwöhnt und ihr jeden Wunsch erfüllt. So findet Ausgleich über verschiedene

Ebenen statt, und er ist nicht immer „er-lösend", sondern im Gegenteil eher das (Miß-)Verhältnis festschreibend.

Alltägliche Rituale schaffen einen Ausgleich in den alltäglichen Differenzen. Mit einem einmaligen Ritual kann das Gefälle bei großen Ereignissen deutlich gemacht und geebnet werden, wenn beide es wollen.

## *Wenn die täglichen Ausgleichsrituale fehlen*

*Marita und Claus sind ein Paar mit zwei Kindern. Bevor die Kinder kamen, war Marita ganztägig als Ärztin in einer Klinik tätig. Claus ist Zahnarzt mit eigener Praxis. Beim ersten Kind ging Marita in Erziehungsurlaub. Eineinhalb Jahre später wurde das zweite geboren. Als es drei war, nahm sie eine Teilzeitstelle an. Sie liebte ihren Beruf und wollte nicht völlig auf ihn wegen der Kinder verzichten. Mit Claus einigte sie sich, daß er seine Praxis so organisieren würde, daß er einen Teil der Familienpflichten übernehmen konnte.*

*Doch die Wirklichkeit entwickelte sich ganz anders. Claus war durch seine Arbeit so beansprucht, daß er abends erst zwischen neunzehn und zwanzig Uhr nach Hause kam, und am Wochenende auch nicht selten in die Praxis mußte. Ganz selten nahm er sich am Wochenende einen Tag für anfallende Gartenarbeiten oder einen Ausflug mit den Kindern. Es schien so, daß alles an Marita hängenblieb. Sie fühlte sich betrogen. Es kam zu ständigen Auseinandersetzungen, sie versuchten, Regeln einzuführen, die aber immer wieder gebrochen wurden. Marita fühlte sich ausgenutzt, und Claus fühlte sich von ihr unter Druck gesetzt und vermied es noch mehr, zu Hause zu sein. Die Situation eskalierte, und nach drei Jahren voller fruchtloser Debatten kam es zur Trennung.*

*Seine monatlichen Unterhaltszahlungen wurden dann zu dem formalen Ausgleichsritual, das sie in einer lebendigeren Form früher nicht geschafft hatten.*

## Alltägliche Rituale des Ausgleichs

Mit alltäglichen Ritualen können sich Paare viel Streit ersparen, weil sie die immerwährenden Kleinkämpfe um bestimmte Freiheiten und Ordnungen überflüssig machen. Wenn rituell festgelegt ist, wer was wann macht, und das Gleichgewicht gewahrt ist, dann erübrigen sich die destruktiven täglichen Auseinandersetzungen.

Unser Alltag ist geprägt durch eine Arbeitsteilung, die mehr oder weniger befriedigend und sinnvoll ist. Sie bringt häufig eine Einseitigkeit mit sich, die zu Unzufriedenheit und vielleicht auch Neid führen kann. Sei es, daß sie ihn beneidet, weil er im Beruf Abwechslung und Anerkennung hat und Geld verdient, sei es, daß er sie beneidet, weil sie sich ohne Streß ihre Arbeit zu Hause weitgehend frei einteilen kann.

Manche Männer, die den Tag über kopflastig gearbeitet haben, gehen abends gern in die Küche und widmen sich einer Tätigkeit, bei der man das Ergebnis vor Augen hat. Ist dieser Rollenwechsel ritualisiert, das heißt, findet er verläßlich regelmäßig statt, dann entspricht er einem sinnvollen Ausgleich und hat als Ritual die Bedeutung des Gemeinsamen, des Teilens, der Mit-Verantwortungsübernahme.

*„Für mich ist dieses abendliche Ritual ganz wichtig geworden"*, berichtet Nikola. *„Wenn Peter kommt, dann übernimmt er die Kinder und räumt auch das Kin-*

*derzimmer mit ihnen auf. Ihm macht das Spaß als Aus-*
*gleich zum Büro. Ich bin dann meistens schon ziemlich*
*erschöpft und froh, wenn ich „frei" habe. Außerdem*
*sehe ich daran, daß er sich nicht zu gut ist für die Tätig-*
*keiten, die für mich zum Alltag gehören."*

Wenn der tägliche Tausch nicht möglich ist, dann geht
es immerhin am Wochenende. Derjenige, der die ganze
Woche am Schreibtisch gearbeitet hat, kümmert sich
um Einkäufe und andere Haushaltsangelegenheiten,
während diejenige, die sonst den Haushalt und die Kinder versorgt, sich zurückziehen und anderen Interessen
nachgehen kann.

Daß der Vater abends die Kinder ins Bett bringt, ist ein
recht verbreitetes Ritual. Für die Paarbeziehung bedeutet es, wir sind beide Eltern, diese Kinder sind eine Gemeinsamkeit von uns. Darüber hinaus ist dieses Ritual
für die Vater-Kind-Beziehung wichtig angesichts der
kurzen Zeit, die Väter in den westlichen Industriegesell-
schaften täglich mit ihren Kindern verbringen.

Rituell geregelt sind für viele Paare auch einige feste
Abende in der Woche. Da gibt es den festgelegten Abend,
den sie für sich freihalten und an dem sie gemeinsam etwas unternehmen. Außerdem gibt es „ihren" Abend
und „seinen" Abend. Das sind die Abende, über die sie
individuell bestimmen, und an denen sie ihre persönlichen Interessen unabhängig voneinander pflegen. Neben
dem Gemeinsamen hat so auch das Individuelle Raum,
was bedeutsam ist für die Belebung einer Partnerschaft.
Wenn Kinder da sind, dann kümmert sich der eine um
sie, während die andere frei hat.

Und umgekehrt. Nimmt er sich seinen Sportabend
mit seinen Freunden, dann bekommt sie zum Ausgleich
ihren Abend, an dem sie weg kann. Durch diese rituelle
Einrichtung muß nicht immer wieder von neuem ausge-

handelt werden, wer wann wie lange weg darf, ohne daß sich der andere vernachlässigt oder benachteiligt fühlt. Es drückt sich damit persönlicher Freiraum und Eigenständigkeit neben Zusammengehörigkeit und Gemeinsamkeit aus. Nicht zuletzt sind solche Ausgleichsrituale Ausdruck der beidseitigen Emanzipation in einer Partnerschaft.

*Sandra hat jedes Jahr einen zweiwöchigen Urlaub für sich frei, weil ihr Mann häufig beruflich auf längeren Reisen ist und sie so lange Strecken am Stück allein für Kinder und Haushalt zuständig ist. Manchmal nutzt sie ihn, um mit einer Freundin wegzufahren, manchmal macht sie eine Bildungsreise oder Kreativurlaub. Während sie weg ist, nimmt er frei und kümmert sich um das, was sonst ihre Aufgabe ist. Sie beginnen ihr Ausgleichsritual am Vorabend ihrer Abreise mit einem gemeinsamen Abendessen im Restaurant (ohne Kinder), bei dem sie noch dies und das besprechen. Sie beschließen es bei ihrer Rückkehr damit, daß sie zusammen mit den Kindern ein ausgedehntes Empfangsessen zu Hause veranstalten, bei dem von allen Seiten viel erzählt wird.*

*Mit dieser rituellen Regelung fühlt sich Sandra trotz phasenweise starker Belastung nicht ausgebeutet, sondern sie spürt darin den Respekt und die Wertschätzung ihres Mannes.*

## Verzeihen und Wiedergutmachung

Die Entschuldigung als Aufhebung einer Schuld ist das knappste Ausgleichsritual, mit dem Ebenbürtigkeit wiederhergestellt werden kann. Doch häufig ist mehr notwendig, um etwas wieder ins Gleichgewicht zu bringen.

Das Bedürfnis, etwas wiedergutzumachen, ist uns allen bekannt. Schon als Kind machen wir damit unsere Erfahrungen. Wir haben jemanden verletzt oder beleidigt oder auf irgendeine Weise eine Grenze überschritten und wollen das mit der Entschuldigung oder Wiedergutmachung rückgängig machen. Wenn das nicht möglich ist oder uns ausdrücklich verwehrt wird, bleiben wir schuldig, und damit bleibt auch das Gefälle bestehen. Macht auf der einen und Demütigung auf der anderen Seite können spürbar sein. Die Annahme der Entschuldigung ist auch ein Verzicht auf Macht.

*Otto, der seit zwanzig Jahren mit Gabriele verheiratet ist, hatte vor Jahren während eines Kuraufenthalts eine sexuelle Beziehung zu einer andern Frau. Es war sein erster „Seitensprung", und zu Hause hatte er gegenüber seiner Frau ein schlechtes Gewissen. Weil sie Briefe fand und nachforschte, gestand er ihr die Affäre. Sie war sehr gekränkt. Täglich gab es spitze Bemerkungen. Etwa „Für deinen Kurschatten würdest du samstags sicher die Brötchen holen" oder „Vor ihr würdest du sicher nicht jeden Sonntag in der Jogginghose rumlaufen". Otto fühlte sich ständig angeklagt und schuldig, und es schien, daß Gabriele mit dieser Waffe unaufhörlich die Oberhand hatte. So war sie zwar nach außen die Betrogene, innerhalb der Partnerschaft aber sehr mächtig. Sie hatten sich festgefahren in ihre Rollen: der eine, der sich nach den geltenden Regeln schuldig gemacht hat, und die andere, die ihn deswegen ohne Ende mit ihrem Verhalten bestraft. Solange das Gefälle aufrechterhalten bleibt, leiden beide.*

*Mit folgendem Ritual befreiten sie sich aus ihrer tükkischen Lage: er bot ihr an, sie solle sich etwas von ihm wünschen zum Ausgleich für seine damalige Affäre. Zu-*

*nächst war sie verblüfft. Ein bißchen spürte sie, was sie damit auch aus der Hand geben würde. Doch da etwas geschehen mußte, weil es beiden nicht gut ging, ließ sie sich darauf ein. Während sie wochenlang über ihren Wunsch nachdachte, nahmen ihre verbalen Angriffe bereits deutlich ab. Als sie wußte, was sie dafür brauchte, daß er sie so gekränkt hatte, erfüllte er es ihr, und sie besiegelten ihren Vertrag mit einem Handschlag. Damit hatte das Thema seine Schärfe verloren. Wenn es später zur Sprache kam, dann nicht als Machtmittel und verletzend, sondern als Erinnerung an eine Krise, aus der sie einen Ausweg gefunden hatten.*

## Schuldzuweisung und Ent-Schuldigung

*Ein Paar hatte ein dreijähriges Kind, das durch einen Verkehrsunfall ums Leben kam, als der Vater mit ihm unterwegs war. Der Kleine hatte sich von der Hand losgerissen und wurde von einem Auto erfaßt und getötet. Die Mutter konnte das nicht verwinden und gab ihrem Mann die Schuld für den Tod des Kindes. Natürlich quälte sich der Vater selbst unendlich mit Vorwürfen. Die Beziehung zwischen den beiden wurde so belastet, daß sie nach ungefähr zwei Jahren vor der Frage standen, ob sie sich nicht besser trennen sollten.*

*In der Paarberatung wurde folgendes Ritual entwikkelt: Die Frau schrieb alles auf ein Blatt, was sie ihrem Mann zum Tod ihres Kindes vorwarf. Sie nahm sich dafür so lange Zeit, bis ihr nichts mehr einfiel. Da stand dann zum Beispiel, daß er den Kleinen nicht sicher festgehalten hatte, daß er mit ihm gar nicht auf diese Straße hätte gehen dürfen, daß er den Kinderwagen hätte benutzen sollen, daß er ihr das Liebste genommen habe. Er las sich alles durch, und dann fand im Beisein*

*einer vertrauten Freundin der Frau eine „Anhörung"
statt, wo er zu allen Punkten Stellung nahm. Er durfte
keine Gegenanklagen vorbringen, und sie durfte ihn
nicht unterbrechen. Die Freundin sorgte dafür, daß die
Regeln eingehalten wurden. Dann wurde beschlossen,
sieben Tage zu warten. Sie sollte bei sich nachspüren,
ob sie seine Stellungnahmen annehmen und ihre Vorwürfe loslassen konnte. Als sie soweit war, zerriß sie
das Blatt mit ihren Vorwürfen. Die Schnipsel packte sie
in eine Tüte. Dann machten sie zusammen einen Spaziergang und nahmen die Papierfetzen mit. Unterwegs
sprachen sie über die Vergangenheit. Einen Teil der Papierfetzen streute sie weg. Einige behielt sie in der Man-
teltasche. Alles konnte sie noch nicht abschütteln und
loswerden. Irgendwann würde sich wahrscheinlich eine
neue Gelegenheit bieten, wo sie sich auch von ihnen
trennen konnte. Sie beschlossen das Ritual mit einem
gemeinsamen Besuch am Grab des Kindes.*

Natürlich ist allein damit nicht schon garantiert, daß
sie sich wirklich neu aufeinander einlassen können.
Aber durch das Ritual wurde etwas Wesentliches sichtbar gemacht. Erst wenn sie ihm den Tod des Kindes
nicht mehr als Schuld anlastet, kann sie ihn wieder als
ihren Mann respektieren und lieben.

## Übergangsrituale

Bei Übergangsritualen geht es im wesentlichen um Loslassen und Annehmen. Gewohnte Muster müssen losgelassen werden, und auf neue muß man sich einlassen.
Übergänge in unserem Lebenszyklus sind etwa der
Schuleintritt, die Pubertät, Heirat, Elternwerden, Auszug der erwachsenen Kinder, Klimakterium, Ruhestand.

Darüberhinaus gibt es noch andere, persönliche Übergänge in neue Lebensphasen, wie zum Beispiel eine Scheidung oder der Tod des Ehepartners als Übergang zum Alleinleben oder ein Berufswechsel. Übergänge sind immer auch Krisen. Sie beinhalten Herausforderungen, Schwierigkeiten, und wir können sie als Chancen nutzen und daran wachsen oder an ihnen scheitern. Menschen, die die Chance der Krise ignorieren, stagnieren und bleiben häufig im Leidenszustand stecken. So etwa die Witwe, die den Verlust des Ehemannes nicht „verwindet", weil sie sich nicht auf das Leben ohne ihn einläßt. Oder die Mutter, die nach dem Auszug ihrer Kinder depressiv und medikamentensüchtig wird, anstatt sich den positiven Seiten des neuen Lebensabschnitts aktiv zuzuwenden.

Während in den sogenannten primitiven Kulturen Rituale für die Übergänge im Lebenszyklus große Bedeutung haben, fehlen sie uns „aufgeklärten" Menschen fast ganz und gar. Mit der Einschulung haben wir noch ein Übergangsritual, aber die Konfirmation, die für frühere Generationen neben der religiösen Bedeutung als Aufnahmeritual in die Gläubigengemeinschaft auch die Bedeutung eines Übergangsrituals ins Erwachsenenleben hatte, ist in den meisten Familien schon reduziert auf ein Familienfest mit der Gelegenheit, das notwendige Geld für die Stereoanlage zu erhalten.

Dabei erfordern gerade die Übergänge in neue Lebensphasen Hilfestellungen, weil sie uns mit neuen Anforderungen konfrontieren, für die wir noch nicht über Fertigkeiten verfügen. Eine ganze Reihe von Fehlentwicklungen und Leidenszuständen dürften darauf zurückzuführen sein, daß der Wechsel von der einen Entwicklungsstufe in die folgende, bzw. von einem Lebensabschnitt in den nächsten nicht gelungen ist. Zur Dekompensation, also zum Ausbruch psychischer Störungen, kommt es daher häufig während einer Übergangsphase: so kennt man die Pubertätsmagersucht oder die jugendliche Schizophrenie, die während der Pubertät zum Ausbruch kommt, oder die sogenannte Schwangerschaftspsychose bzw. Wochenbettdepression, oder die verbreiteten klimakterischen Probleme, die häufig Suchtcharakter haben, oder den „Pensionierungsschock".

Für Paare ist mit solchen Übergängen immer auch die Gefahr einer Beziehungskrise verbunden. Wenn einer von beiden sich im Übergang befindet, dann ist das auch für den andern eine Herausforderung, die nicht zu ignorieren ist. Werden sie die anstehenden Veränderungen gemeinsam bewältigen, oder führen sie zur Distanzierung und zum Auseinanderleben?

Mit der Hochzeit bzw. dem Zusammenleben fängt der erste gemeinsame Übergang für ein Paar an. Es folgt dann die Elternschaft, der Auszug der Kinder, Klimakterium und Ruhestand. Mit Ausnahme der Hochzeit, für die es gängige Rituale gibt, haben wir wenig Hilfen für die Bewältigung von Übergangskrisen. Sie werden eher ignoriert als herausgehoben und damit gewürdigt und als Chance bewußtgemacht.

## Hochzeit

Die Hochzeit ist ein sichtbares Anfangsritual für Paare. Es markiert den Übergang von der Singlezeit zum Verheiratetsein.

Die besondere Kleidung, die amtliche und kirchliche Zeremonie, die Gäste, Festessen und Brauttanz sind typische Ritualbestandteile.

Bei der (ersten) Hochzeit geht es um die Trennung vom Elternhaus und die neue Zugehörigkeit zum Partner. Dieser Sachverhalt wird in verschiedenen Bräuchen symbolisiert. So zum Beispiel im sogenannten „Brautraub", wo die Braut zu später Stunde überraschend von einigen Gästen „entführt" wird, und der Bräutigam sie suchen muß. Oder in der sogenannten „Wegsperre", wo der Bräutigam erst einen Tribut für die Braut zu entrichten hat, bevor das Brautpaar Zugang zum gemeinsamen Heim hat. Natürlich wird in solchen Bräuchen auch eine bestimmte geschlechtsspezifische Ordnung deutlich. Er ist es, der für sie bezahlen oder sie suchen muß. Sie ist das begehrte „Objekt". In anderen Bräuchen geht es um die Vertreibung der bösen Geister. So beim Polterabend, wo das Zerschlagen von Geschirr Lärm erzeugt, oder beim sogenannten „Kellentanz", bei dem die Gäste mit Töpfen und Deckeln lärmend durchs Haus ziehen.

Ein weiteres Thema bei Hochzeitsritualen ist die Fruchtbarkeit, die durch Reisstreuen symbolisiert wird, oder der Verlust der Jungfräulichkeit, der ebenfalls mit dem Polterabend symbolisiert wird oder mit dem „Kranzabtanz", bei dem die weiblichen Hochzeitsgäste durch einen Kreis von Männern hindurch zur tanzenden Braut in der Mitte durchzudringen versuchen, um ihr ein Stück ihres Schleiers zu rauben.

Für alle ist offensichtlich und spürbar, daß mit der Hochzeit ein wichtiges Lebensereignis stattfindet, mit dem ein neuer Abschnitt beginnt, auch wenn der Hintergrund und die Bedeutung der einzelnen Bräuche längst nicht mehr allen bekannt ist.

## Übergang vom Alleinleben zum Zusammenleben

Für die überwiegende Mehrheit aller Paare beginnt heute „die Zeit zu zweit" nicht mit der Hochzeit, sondern lange davor. Sie probieren aus, ob sie gut zusammenleben können, und auch für sie bedeutet der Einzug in die gemeinsame Wohnung ein Schritt in etwas Neues. Auch sie brauchen einen rituellen Rahmen, bei dem Individualität und Gemeinsamkeit thematisiert werden sowie die teilweise widersprüchlichen Gefühle an diesem Übergang.

Zum Einzug in die gemeinsame Wohnung können beide ein Fest feiern, zu dem sie ihre jeweiligen Freunde einladen und so den individuellen Freundeskreis vergrößern zu einem gemeinsamen Bekanntenkreis.

*In einem persönlichen Ritual können sie sich ein Geschenk machen, und dann ihre Befürchtungen und Wünsche hinsichtlich des Zusammenlebens auf einzelne Zettel schreiben und vermischen. Dann ziehen sie irgendwelche Zettel, lesen abwechselnd vor, was darauf steht – gleichgültig von wem – und erklären, wie sie es verstehen bzw. meinen. Beispielsweise könnte sie aufschreiben, daß sie sich davor fürchtet, daß sie keine Zeit mehr für ihre Freundinnen hat. Er greift zufällig diesen Zettel auf, liest den Satz vor und sagt: „Du befürchtest, daß ich dich vereinnahmen könnte, und du dich vielleicht nicht dagegen wehren kannst". Sie bestätigt oder korrigiert seine Deutung, und im nächsten Schritt überlegen sie, wie sie die Befürchtung ausräumen können. Andere Sätze könnten sein: „Ich freue mich darauf, jeden Morgen mit dir zu frühstücken." Die Antwort könnte lauten: „Ich mich auch." Oder: „Ich bin aber ein Morgenmuffel und morgens nicht ansprechbar." Als weitere Statements sind denkbar: „Ich fürchte mich davor, daß an mir zu viel Hausarbeit hängen bleibt", oder „Ich habe Angst davor, daß der Alltag die ganze Spannung und Erotik kaputtmacht."*

*Zum Schluß, nachdem sie ausgiebig über ihre Fragen, Zweifel, Hoffnungen gesprochen haben, sammeln sie die Zettel und beschließen, ob sie sie aufheben wollen oder nicht. Vielleicht sind sie später sehr bedeutsam, weil sie aufzeigen, was sich zu Beginn abgezeichnet hat und was daraus geworden ist bzw. wie sie damit fertiggeworden sind.*

## Eltern-Werden

Es ist eine gewaltige Veränderung, mit der ein Paar beim Wechsel von der Dyade, der Zweierbeziehung, in die Triade, die Dreierbeziehung, konfrontiert wird. Mit einem Kind kommt nicht einfach ein Familienmitglied dazu. Durch das Kind wird auch die Paarbeziehung verändert. An die Stelle des ausschließlichen Aufeinander-Bezogen-Seins tritt die Ausrichtung auf das gemeinsame Dritte, das Kind. Die erste Elternschaft ruft immer auch eine Krise hervor. Die Beziehung muß neu strukturiert werden, denn die vorherigen Muster stimmen nicht mehr. Beide haben eine neue Rolle und neue Aufgaben bekommen.

Sicherlich beruhen viele Fälle von sogenannter Wochenbettdepression weniger auf hormonellen Ursachen als darauf, daß sich die Frau plötzlich konfrontiert sieht mit einer existentiellen Änderung in ihrem Leben. Nichts ist mehr wie es vorher war; mit der Geburt eines Kindes ereignet sich etwas ebenso Großes wie Irreversibles. Den Vater trifft die Wucht dieses Geschehens nicht so direkt wie die Mutter. Sie ist körperlich betroffen, und das schon monatelang. Er feiert seinen neuen Status mit seinen Freunden, aber ein erprobtes Ritual für das Paar zum Übergang in die Elternschaft haben wir in unserer Kultur nicht zur Verfügung.

Wir kennen zwar die Taufe, die als religiöses Ritual dafür steht, daß Eltern Unterstützung bekommen bei ihren neuen Pflichten und Aufgaben. Doch heute werden längst nicht mehr alle Kinder getauft, und so fehlt vielen Paaren diese wichtige Erfahrung, daß sie nicht alleingelassen sind in ihrer neuen Situation.

*Luciana und Hartmut machten folgendes: Sie luden ihre beste Freundin und seinen besten Freund als inoffizielle Paten des Kindes ein. Sie baten sie, sie bei ihren neuen Aufgaben, zu unterstützen, wenn sie Hilfe brauchten, was beide versprachen. Sie hatten Geschenke für die jungen Eltern und das Kind mitgebracht und hatten eine Liste von Angeboten dabei, mit denen sie sie unterstützen wollten. Luciana und Hartmut feierten damit ihre erste Elternschaft mit dem Wissen, daß sie mit ihren neuen Aufgaben nicht allein gelassen würden.*

In anderen, traditionellen Kulturen leben junge Mütter und Väter eingebettet in die Sippe und genießen ihre Unterstützung. Unsere Großfamilien boten noch einen vergleichbaren Hintergrund. Auch da gab es eine Vernetzung und dadurch ein Stück Sicherheit. Heute dagegen ist Beratung und Unterstützung weitgehend an professionelle Fachleute abgegeben und damit entfremdet und unzureichend geworden.

Ein großer Teil der Probleme, die junge Eltern haben, rührt daher, daß sie mit der Vielfalt von neuen Anforderungen allein fertig werden müssen und sehr unsicher sind.

*Beim Elternwerden geht es hauptsächlich um die Übernahme von Verantwortung. Dafür hatte Imke ein schönes Symbol gefunden: Auf einem ihrer Spaziergänge mit ihrem Freund Joschko während der Schwangerschaft entdeckte sie einen Stein, der ihr besonders gefiel. Er symbolisierte für sie mit seinem Gewicht und seiner schönen Zeichnung die Verantwortung für das Kind. Sie nahm ihn mit, hielt ihn oft in der Hand und ließ ihre Gedanken umherschweifen. Wenn sie später mit Joschko über das Kind sprach, über Entscheidungen, die zu treffen waren, oder über Sorgen, dann war immer auch der Stein dabei.*

*Und irgendwann, wenn das Kind erwachsen sein wird, wird sie mit Joschko zusammen wieder den Weg gehen, den sie in der Schwangerschaft gegangen ist, und ihn vielleicht dort wieder der Natur übergeben und Abschied nehmen von ihrer Verantwortung für ihr Kind.*

## Die Kinder verlassen die Familie

Wenn das letzte Kind das Elternhaus verläßt, dann bringt das eine ähnlich grundlegende Veränderung in der Familienstruktur mit sich wie damals, als aus dem Paar mit einem Mal Eltern wurden. Das Elternpaar ist wieder zu zweit, so wie ganz zu Beginn der Partnerschaft.

In einer Familie mit klassischer Rollenverteilung ist dieser Übergang für den berufstätigen Vater nicht so einschneidend wie für die Mutter. Mindestens zwanzig Jahre, je nach der Anzahl und dem Altersabstand der Kinder, war ihre Rolle klar, und ihre Aufgaben waren weitgehend festgelegt: Die Versorgung der Kinder, ihre Ansprechpartnerin, und das oft rund um die Uhr. Für Frauen, die sich auf die Mutterrolle konzentriert und „spezialisiert" haben, bricht mit diesem Moment des

Auszugs des letzen Kindes die bisherige Lebensaufgabe zusammen. In vielen Fällen löst dieser „Kinderverlust" eine schwere Krise aus. Es geht ums Loslassen, und das fällt der Frau leichter, wenn sie nicht nur für die andern, sondern auch für sich gesorgt und weitere Schwerpunkte in ihrem Leben gesetzt hat. Doch gerade das widerspricht einem noch sehr verbreiteten Mutterbild, nach dem Mütter immer noch ihre persönlichen Interessen zurückstellen müssen, um eine gute Mutter zu sein. Und so stecken viele Frauen in einem Dilemma. Das, was bisher gezählt hat, soll jetzt plötzlich hinfällig sein. Was manchmal zwanzig Jahre lang Pflicht und Lebensinhalt war in Form von Zuwendung und Fürsorge, ist mit einem Mal nicht bloß überflüssig, sondern sogar verboten, weil es nun als Festhalten und Klammern gewertet wird.

Die Väter stehen dem Problem häufig hilflos gegenüber. Für sie gilt jetzt, sich besonders intensiv einzubringen in die Partnerschaft. Das Par braucht jetzt neue Impulse, die die Partnerschaft bereichern und beleben, damit keine lähmende Leere entsteht. Die Aufgaben können neu verteilt werden, beide können sich wieder stärker aufeinander als Paar einlassen und sehen sich nicht mehr vorwiegend in ihrer Elternrolle.

Eigentlich ist dieser Übergang etwas Schönes, wenn die Partnerschaft stimmt. Eine Aufgabe ist erfüllt, und sie können sich wieder dem zuwenden, was sie vielleicht lange Zeit zurückgestellt haben. Wenn aber beide nichts mehr miteinander anfangen können und die Kinder als Puffer zwischen sich brauchen, dann wird er zur Bedrohung und kann zu einem schweren Konflikt führen.

*Im Ritual gilt es, Abschied von der Verantwortung des Eltern-Seins zu nehmen und neue Symbole für das*

*Leben als Paar ohne Kinder zu finden.* Annika und Klaus-Peter nahmen sich einige Wochen, bevor ihre jüngste Tochter mit neunzehn Jahren das Haus verließ, einen ganzen Sonntagnachmittag Zeit und holten die Fotoalben der Kinder hervor. Dann gingen sie nochmals die ganzen Jahre durch: von der Geburt des ersten Kindes über die Schulzeit von allen dreien bis zum letzten gemeinsamen Urlaub. Sie tauschten Erinnerungen aus und entsannen sich ihrer einstigen Erziehungskonflikte. Sie würdigten gegenseitig ihre elterliche Leistung und fanden, daß ihre drei Kinder gut „geraten" waren. Dann sprachen sie über Annikas Plan, eine Zusatzausbildung als Familientherapeutin zu machen. Annika war in den letzten Monaten klar geworden, daß sie zu ihrer Teilzeitstelle als Sozialpädagogin, die sie seit acht Jahren hatte, noch etwas Neues brauchte, das sie erfüllte und in Anspruch nahm. Der Gedanke an den Abschied von der Jüngsten tat weniger weh, wenn sie an ihr neues Projekt dachte. Sie trugen die Termine ihrer Abwesenheit in ihre Kalender ein, genauso wie ihren großen gemeinsamen Urlaub.

Der Tochter schenkten sie zu ihrem Auszug eine Telefonanlage mit Anrufbeantworter. Sie stand neben ihrer pragmatischen Verwendbarkeit symbolhaft für die Verbindung zum Elternhaus und für die Entlassung in ihr eigenes, selbstverantwortetes Leben.

## Klimakterium

Für die meisten Frauen stellt das bevorstehende Klimakterium eine bedrohliche Zukunftsperspektive dar. Während frau mit vierzig durchaus noch mitten im Leben steht und mit ihrer Reife und Erfahrung etwas gilt, scheint sie nach gängiger Meinung mit fünfzig „hinüber" zu sein. Fünfzig ist die magische Zahl, danach ist frau abgeschrieben. Für die Mehrheit der Bevölkerung – zumindest in den westlichen Industrienationen – ist der Eintritt ins Klimakterium verbunden mit dem Verlust von Attraktivität und Sex Appeal. Die Zahl der einschlägigen Buchtitel, die in jüngster Zeit erschienen sind, läßt erkennen, daß auch heute noch das Alter der Frau durchaus ein Problemthema ist.

Angesichts der geltenden Wertmaßstäbe von „jung, schön, dynamisch" ist es ohne Zweifel nicht so einfach, sich auch jenseits der fünfzig nicht zum „alten Eisen" gehörig zu fühlen. Beim Eintritt ins Klimakterium können sich lesbische Partnerinnen im Sinne einer Schicksalsgemeinschaft unterstützen und begleiten. Sie müssen sich nicht alleingelassen und unverstanden oder abgelehnt fühlen, weil sie in diesem Punkt ein gemeinsames Schicksal haben. Bei heterosexuellen Partnerschaften dagegen wird die Kluft zwischen Mann und Frau hier besonders deutlich. Er gilt in diesem Alter immer noch als attraktiv, für ihn gibt es die biologische Grenze nicht. Er hat zwar seinen Leistungsknick zwischen vierzig und fünfzig, aber den fangen viele gerade mit Hilfe ihrer Frau ab. Oder sie bauen sich mit einer neuen, jungen Frau auf, wenn sie in die Jahre gekommen sind und die Frau an ihrer Seite „hinüber" ist. Daß für Männer und Frauen unterschiedliche Maßstäbe gelten, wird hier besonders deutlich. Wenn eine fünfzigjährige Frau einen fünfzehn Jahre jüngeren Mann heiratet, gilt das auch heute noch als anrüchig, während es umgekehrt höchstens belächelt wird.

Es gäbe schon Möglichkeiten, das Klimakterium und den Übergang in die Menopause auch in einer Mann-Frau-Beziehung zu zweit zu feiern. Zu feiern ist beispielsweise, daß sie sich künftig um keine Verhütung mehr kümmern müssen und Sex uneingeschränkt, gewissermaßen hemmungslos genießen können. Bei einem entsprechenden Ritual können sie die bisher verwendeten Verhütungsmittel (Kalender, Kondome, Pillenschachteln usw.) feierlich begraben.

In der Phase des Klimakteriums geht es darum, sichtbar zu machen, daß die Frau nach wie vor ein sexuelles Wesen ist und mit dem Verlust ihrer Fruchtbarkeit nicht gleichzeitig ihre sexuelle und persönliche Attraktivität verliert.

In dieser Zeit der Verunsicherung und des labilen Selbstwerts sind Rituale der Liebe besonders wichtig: der Blumenstrauß zeigt, daß er auch an sie denkt, wenn er nicht anwesend ist, ebenso wie der Anruf, um zu fragen, was sie gerade macht, oder die spontane Einladung zum Essen.

*Als Inge in die Wechseljahre kam mit Schweißausbrüchen und Schlafstörungen, da ließen sie und ihr Mann ein altes Ritual wieder aufleben: sie lasen sich abends vor dem Zubettgehen Literatur vor. Außerdem bereitete er ihr jeden Abend einen Tee gegen die Schlafstörungen. Sie genossen die Muße, Zuwendung und Nähe besonders und als etwas, was ihnen in dieser Form in jüngeren Jahren nicht so zugänglich war.*

## Der Ruhestand

Für berufstätige Frauen ist der Ruhestand meistens weniger mit Verlustgefühlen verbunden als für Männer, weil Frauen in der überwiegenden Mehrzahl durch den Beruf einer Doppelbelastung ausgesetzt sind. Sie haben also auch nach der Entlassung aus dem Berufsleben noch ihr gewohntes Arbeitsfeld zu Hause.

Für Männer bedeutet es in unserer Gesellschaft einen

größeren Einschnitt, den Beruf aufzugeben, weil sie sich im Normalfall stärker darüber identifizieren. Für manche ist der bevorstehende Ruhestand eine Schreckensvision, für andere ein ersehntes Ziel. Die einen fürchten sich vor der Leere, die anderen freuen sich darauf, die bisherigen beruflichen Pflichten loslassen zu können und frei zu sein für das, was bisher zu kurz kam. Eine Umstellung ist es auf jeden Fall. Unzählige Frauen fürchten den Ruhestand ihrer Männer, weil natürlich auch sie mitbetroffen sind von der Veränderung. Werden sie mit der Zweisamkeit umgehen können, die sie in dem großen Ausmaß nicht mehr gewöhnt sind? Oder werden sie sich auf die Nerven gehen? Oder werden sie manche Dinge endlich gemeinsam genießen können, für die bisher zu wenig Zeit war?

Der Abschied am Arbeitsplatz ist eine Sache. Aber auch zu Hause geht es darum, die grundlegende Veränderung zu markieren.

Für die Frau bedeutet seine dauernde Anwesenheit auch Kontrolle. Während sie bisher ihren Tagesablauf weitgehend in eigener Regie gestaltet hat, kann er ihr jetzt dreinreden. „Mußt du schon wieder telefonieren?" „Könnte man das nicht auch so machen?"

Bestandteile eines Rituals könnten Utensilien der Arbeit sein, wie Tasche, Terminkalender, gegebenenfalls Arbeitskleidung oder Parkausweis. Das Paar legt alles zusammen in eine Kiste und erzählt dabei Geschichten zu den einzelnen Gegenständen. Also beispielsweise, wie sie gelitten hat unter seinem vollen Terminkalender und sich vernachlässigt fühlte, wenn er später als geplant nach Hause kam, oder wie verläßlich sie ihm die Arbeitskleidung gerichtet hat oder auch nicht, wie er sich gefreut hat, als sie ihm vor Jahren einen Liebesbrief in der Tasche versteckt hatte oder einmal eine Tafel Schokolade, die dann geschmolzen war und eine halbe Schweinerei angerichtet hatte.

Sie nehmen sich viel Zeit und legen die Dinge erst dann beiseite, wenn beide nichts mehr dazu zu sagen haben. Dann entscheiden sie, was mit den Dingen geschehen soll. Manche können vielleicht entsorgt werden, andere landen in der Vitrine als Erinnerungsstück. Mag sein, sie will seine Arbeitstasche nicht mehr sehen, aber für ihn ist sie ein liebenswertes Relikt seiner Berufsjahre, von dem er sich nicht so einfach trennen kann. Dann muß für sie ein angemessener Platz gefunden werden. Andres wird möglicherweise weitervererbt. So oder so geht es ums Loslassen und darum, den einzelnen Dingen einen passenden Platz zuzuweisen. Aber auch das kommende Neue muß in symbolischer Form vertreten sein: vielleicht ein Buch über Gärtnern, oder der Tennisschläger, der jetzt viel häufiger benutzt werden wird, oder Bücher, für die endlich Zeit sein wird. Vielleicht auch ein bequemer Sessel als Symbol für Behaglichkeit und Geruhsamkeit. Dann erstellen sie eine Liste ihrer Ängste und Hoffnungen, Wünsche und Bedürfnisse bezogen auf die künftigen Jahre und besprechen sie: sie wünscht sich vielleicht, daß er sich mehr im Haushalt betätigt. Vielleicht aber fürchtet sie sich auch gerade davor, daß er jetzt in dieses wichtige Ressort von ihr einbricht. Er dagegen wünscht sich möglicherweise, daß er sich ausgiebig seinen Hobbies widmen kann. Den Abschluß des Rituals bildet die Erarbeitung eines zunächst zeitlich begrenzten Kompromisses, mit dem sie beide zufrieden sind, etwa für das nächste halbe Jahr. Darin legen sie konkret fest, wer wofür zuständig ist. Manches übernehmen sie vielleicht auch im Wechsel. Mit solch einem Ritual wird deutlich, daß eine Veränderung ansteht, ein

Übergang wird markiert, und beide wissen, daß er eine Herausforderung darstellt, auch wenn sie sich darauf seit Jahren freuen.

## *Wieder allein leben*

Beim Tod des Partners oder der Partnerin ist das Begräbnis nicht nur Abschiedsritual, sondern zugleich auch Übergangsritual zum neuen Status als Witwe oder Witwer. Früher war es üblich, als Zeichen des Witwenstatus den Ehering des Gestorbenen zusätzlich zum eigenen Ehering zu tragen.

Der Neubeginn findet sichtbaren Ausdruck in Form des zuweilen recht fröhlichen Leichenschmauses oder Totenmahls. Eine große Trauergemeinde bedeutet für die Zurückbleibenden, daß sie nicht alleingelasssen sind, sondern daß das Leben weitergeht, und sie aufgehoben sind in einer Gemeinschaft. Doch immer häufiger lesen wir ja heutzutage, daß Trauerfeiern „im engsten Familienkreis" stattfinden. Die Teilnahme an unseren Gefühlen ist uns offenbar eher peinlich geworden. Lieber trauern wir zurückgezogen, als daß wir unsere Hilfsbedürftigkeit und Verzweiflung (oder Erleichterung?) zeigen. Nur im ländlichen Raum, etwa in Bayern, begegnet uns noch „die schöne Leich" mit Musik und menschlicher Anteilnahme. Doch auch hier stoßen wir an tabubedingte Grenzen: so gibt es keine „schöne Leich'" bei einem Suizidfall. Ausgerechnet da, wo sie besonders trostbedürftig wären, müssen die Hinterbliebenen ohne die Unterstützung einer mitfühlenden Trauergemeinde den Abschied und Übergang vollziehen. Daran wird wieder der normative Aspekt von Ritualen deutlich: In Tabubereichen gibt es keine Rituale, und Selbstmord gilt als ein Tabuthema.

Auch wenn wir „lebend" verlassen werden, haben wir dafür kein allgemeingültiges Ritual, denn auch das ist gesellschaftlich nicht vorgesehen. Der Schmerz und die Gefühle von Wertlosigkeit und Demütigung und der Übergang in einen neuen Status als Alleinlebender oder Alleinlebende werden im allgemeinen ohne rituellen Rahmen bewältigt. Manche finden aber auch ein persönliches Ritual, mit dem sie sich befreien und dem Neuen zuwenden können.

*So listete eine Frau, deren Mann sie verlassen hatte, auf einem Blatt auf, was sie ab jetzt nicht mehr tun mußte: seine Wäsche waschen und seine Hemden bügeln, für ihn Telefonate erledigen, seine morgendliche schlechte Laune ertragen, auf ihn warten, für ihn kurze Röcke anziehen, die sie eigentlich gar nicht mochte. Aus diesem Blatt faltete sie ein Schiffchen, ging mit ihm zum Fluß verabschiedete sich von ihm und ließ es davontreiben. Dieses Loslassen brachte nach der Schwere der Verlassenheit und Verbitterung ein wohltuendes Gefühl der Erleichterung mit sich. Danach meldete sie sich für einen Tanzkurs an, den sie eigentlich schon lange machen wollte und zu dem sie sich die ganze Zeit zuvor nicht hatte aufraffen können.*

*Als Benjamin von seiner langjährigen Freundin verlassen worden war, wechselte er in einem rituellen Akt das Türschloß (sie hatte ihren Schlüssel mitgenommen) und fing an, bewußt seine Wohnung anders zu gestalten. Er kaufte sich ein neues Bett und renovierte das Schlafzimmer von Grund auf. Dann lud er seine Freunde ein, um mit ihnen seinen neuen Status als Alleinlebender zu feiern.*

Neben dem persönlichen Abschiedsritual ist ein Anfangsritual wichtig. Etwas endet, nämlich das Leben mit dem bisherigen Partner oder der bisherigen Partnerin, und etwas Neues fängt an. Dadurch verändert sich auch die eigene Identität. Mit einem bestimmten Partner oder einer bestimmten Partnerin zu leben ist mit einer bestimmten Identität verbunden. Der Verlust des Partners bedeutet auch ein Stück weit Identitätsverlust. Und damit zugleich auch die Chance für Neues, für die Entwicklung neuer Aspekte der Persönlichkeit, die ein neues Identitätsgefühl hervorbringen können. Ein Ritual ist eine Zeichensetzung dafür.

# *Literatur*

Fallaci, Oriana
BRIEF AN EIN NIE GEBORENES KIND
Fischer Taschenbuch Verlag 1979

Hellinger, Bert
FINDEN, WAS WIRKT
Kösel 1995

Hellinger, Bert und ten Hövel, Gabriele
ANERKENNEN, WAS IST
Kösel 1996

Jellouschek, Hans
DIE KUNST, ALS PAAR ZU LEBEN
Kreuz Verlag 1992

Kast, Verena
PAARE
Kreuz Verlag 1984

Kast, Verena
LOSLASSEN UND SICH SELBER FINDEN
Herder 1991

# Leben in Beziehungen

Lenz/Osterhold/Ellebracht
**Erstarrte Beziehung – Heilendes Chaos**
224 Seiten, Paperback
ISBN 3-451-23756-3
Einführung in die systemische Paartherapie und -beratung
Die bewährte Alternative in der Paartherapie: Die systemische Therapie
ordnet und heilt – durch wohldosiertes Chaos.

Prisca Gloor Maung
**Mediation – Wie wir uns einige, wenn wir uns trennen**
Ein Scheidungsratgeber
176 Seiten, Klapppenbroschur
ISBN 3-451-23959-0
Scheidung muß nicht schmerzvoll sein. Die Mediation leistet auf sanfte
Weise psychologischen und juristischen Beistand.

Ernst A. Stadter
**Wenn du wüßtest, was ich fühle...**
Einführung in die Beziehungstherapie
356 Seiten, gebunden
ISBN 3-451-22585-9
Eine Therapieform von ebenso grundsätzlicher Bedeutung wie die
Transaktionsanalyse, die Logotherapie und die Gesalttherapie und
zugleich ein praktisches partnerschaftliches Lernprogramm.

**Herder**

Rosmarie Welter-Enderlin
**Deine Liebe ist nicht meine Liebe**
Partnerprobleme und Lösungsmodelle aus systemischer Sicht
ca 192 Seiten, gebunden
ISBN 3-451-26045-X
Wie die systemische Therapie hilft, wenn es in der Partnerschaft
kriselt.

Wolf Jordan
**Die Eifersuchtsfalle**
Neues Vertrauen und Selbstsicherheit finden
160 Seiten, Klappenbroschur
ISBN 3-451-23571-4
Wie man Eifersucht verstehen und bewältigen kann.

Ernst A. Stadter
**Ich will dir sagen, was ich fühle**
Wie Beziehungen gelingen
256 Seiten, Klappenbroschur
ISBN 3-451-23899-3
Unbewußte Tarnmechanismen in der Beziehung erkennen und
überwinden.

Prof. Dr. med. Josef Rötzer
**Natürliche Empfängnisregelung**
Die sympto-thermale Methode – Der partnerschaftliche Weg
144 Seiten, Klappenbroschur
ISBN 3-451-23983-3
Natürlich – Sicher – Körperbewußt: Der Klassiker der natürlichen
Empfängnisregelung

# Herder

Franziska Pfeiffer
**Ich in Bremen, du in Zürich**
Wenn Paare, die sich lieben, getrennt leben – Erfahrungen und
Tips
Band 4498
„Fernbeziehung" – Die Autorin befragt nicht nur die Paarpsychologie,
sondern die Betroffenen selbst.

Thea Bauriedl
**Leben in Beziehungen**
Von der Notwendigkeit, Grenzen zu finden
Band 4483
Ein Buch, das klarmacht, wo die Bedingungen und Möglichkeiten liegen,
Beziehungen von Anfang an zu pflegen und zu verbessern.

Fritz Fischaleck
**Bevor die Fetzen fliegen**
Faires Streiten in der Partnerschaft
Band 4409
Der erfahrene Paartherapeut und Eheberater demonstriert an vielen
Beispielen, wie faires Streiten gelingt.

Joachim Engl/Franz Thurmaier
**Wie redest du mit mir?**
Fehler und Möglichkeiten in der Paarkommunikation
Band 4364
Wie man – statt in Vorwürfen steckenzubleiben – richtig spricht und
zuhört, Gefühle und Wünsche ausdrückt, Probleme in konstruktiver
Weise löst.

Dietmar Mieth
**Das gläserne Glück der Liebe**
Band 4063
Ein sensibles Buch über ganzheitliches Leben und darüber, wie
Beziehungen gelingen können.

HERDER / SPEKTRUM

# Leben in der Familie

Cordelia Alber-Klein/Regina Hornberger
**Das Bach-Blüten-Buch für die Familie**
Mit Farbabbildungen der 38 Bach-Blüten,
160 Seiten, Klappenbroschur
Kinder und Eltern entdecken sich selbst
ISBN 3-451-23787-3

Gertrud Kaufmann-Huber
**Kinder brauchen Rituale**
Ein Leitfaden für Eltern und Erziehende
160 Seiten, Paperback
ISBN 3-451-23574-9

Norbert Gürtler/Doro Kammerer
**Stillwerden und entspannen**
Vorlesegeschichten zum autogenen Training
128 Seiten, Paperback
ISBN 3-451-23638-9

Gisela Preuschoff
**Kinder zur Stille führen**
ca. 160 Seiten, Klappenbroschur,
Meditative Spiele, Geschichten und Übungen
ISBN 3-451-23897-7

Diana Hastings
**Praktisches Handbuch der Hauskrankenpflege**
Der zuverlässige Ratgeber für alle, die Kinder, Kranke und ältere
Menschen zu Hause betreuen.
224 Seiten, Paperback
ISBN 3-451-21320-6

**HERDER**

# Entdeckungen für Eltern und Kinder

Karin Lichtenauer
**Mütter sind ganz besondere Frauen**
Für alle Muttertage des Jahres
Hrsg. von Karin Lichtenauer
160 Seiten, gebunden
ISBN 3-451-23639-7
Für alle, die einer Mutter eine Freude machen wollen.

Werner Knubben/Thomas Knubben
**Ein Vater, wie er im Buche steht**
Entdeckungen für junge Väter
Hrsg. von Thomas Knubben und Werner Knubben
160 Seiten, gebunden mit Schutzumschlag
ISBN 3-451-23755-5
Höhenflüge und Aufregungen der Väter von heute.

Maja Überle-Pfaff
**Großvater ist der Größte**
Geschichten und Tips für die neuen Großväter
Hrsg. von Maja Überle-Pfaff
160 Seiten, gebunden mit Schutzumschlag
ISBN 3-451-23643-5
Geschichten von alten und jungen „Opas" machen Lust, selbst so ein
richtig toller Großvater zu werden.

Christian Meyer/Daniela Liebig
**Wenn Mann ein Kind bekommt**
Was werdende Väter in der Schwangerschaft erleben
160 Seiten, gebunden mit Schutzumschlag
ISBN 3-451-23522-6
Das ultimative Geschenkbuch für werdende Väter.

# HERDER

# Botschaften aus dem Unterbewußtsein

**HERDER**